W0223081

www.blue-panther-books.de

LISA ROME

DER NACHBAR

EROTISCHER ROMAN

www.blue-panther-books.de

BLUE PANTHER BOOKS TASCHENBUCH
BAND 2176
1. AUFLAGE: JULI 2011

VOLLSTÄNDIGE TASCHENBUCHAUSGABE
ORIGINALAUSGABE
© 2011 BY BLUE PANTHER BOOKS, HAMBURG
ALL RIGHTS RESERVED
COVER: © KONRAD BAK @ SHUTTERSTOCK.COM
UMSCHLAGGESTALTUNG: WWW.HEUBACH-MEDIA.DE
GESETZT IN DER TRAJAN PRO UND ADOBE GARAMOND PRO
PRINTED IN GERMANY
ISBN 978-3-86277-190-5
WWW.BLUE-PANTHER-BOOKS.DE

Kapitel 1

Helen lag im Bett. Noch vor einigen Minuten hatte sie in den Armen von Dennis gelegen. Der hatte wieder einmal geglaubt, sie glücklich gemacht zu haben, indem er seinen Penis in sie hineingesteckt, ein paarmal hin und her gezuckt hatte, um dann mit einem lauten Schrei in ihr zu kommen.

»Hat es dir gefallen, mein Schatz?«

Jedes Mal stellte er diese Frage danach. Doch er wartete ihre Antwort nie ab. Er setzte einfach voraus, dass er sie damit befriedigt hatte. Und jedes Mal hörte sie dann, wie er duschte und dabei fröhlich ein Lied trällerte. So falsch, dass sie es fast wie eine Beleidigung empfand.

Noch immer lag sie im Bett unter der Bettdecke, die sie mittlerweile über ihren Körper gelegt hatte, die Beine etwas gespreizt, und ihre Finger spielten zärtlich mit ihren Brustwarzen.

Einmal einen Orgasmus erleben, einmal …, dachte sie sehnsüchtig.

Bisher hatte sie noch nie einen Orgasmus bekommen, wenn sie mit Dennis geschlafen hatte. Dennis setzte ganz einfach voraus, dass sie ihn automatisch bekam, sobald er sich in ihr bewegte. Helen dachte an Laura, ihre beste Freundin. Sie erzählte Helen häufig von ihren Erlebnissen mit ihren verschiedenen Freunden und schwärmte von den Orgasmen, die sie ihr bereiteten.

»Wie ist das, wenn man einen Orgasmus hat?«, hatte Helen ihre Freundin einmal gefragt.

Laura hatte laut losgelacht. »Du willst mir weißmachen, dass du noch nie in deinem Leben einen Orgasmus hattest?«

Ungläubig hatte Laura Helen angesehen. Doch bevor sie Helen erklären konnte, welche Gefühle ein Orgasmus in einer Frau hervorrief, war Dennis nach Hause gekommen, und sie und Laura hatten danach nie mehr über das Thema Orgasmus gesprochen.

***

Als Helen Dennis kennenlernte, besuchten beide die Universität und studierten Betriebswirtschaft. Helens Vater wollte, dass sie das trockene Fach BWL studierte, und Helen hatte sich, wie immer in ihrem bisherigen Leben, seinem Wunsch gebeugt. Es war besser, wenn man seinem Willen nachgab, denn ihr Vater konnte sehr wütend werden. Und Helen hatte Angst vor ihm, wenn er wütend war. Noch heute, als junge Frau, fürchtete sie seine Wutausbrüche. Sie bewunderte ihre Mutter, die es ihr ganzes Leben lang an seiner Seite ausgehalten hatte.

Ihr Vater hatte in jüngeren Jahren den Betrieb seines Vaters übernommen und ihn mit der Zeit zu einem weltweit florierenden Unternehmen ausgebaut. Da Helen sein einziges Kind war, hielt er es für selbstverständlich, dass sie es einmal übernehmen würde. Noch führte er es mit eiserner Hand.

***

Als Dennis erfuhr, dass Helen die einzige Tochter des bekannten Unternehmers war, hatte er sich an sie herangemacht und ihr die große Liebe vorgespielt. Eigentlich interessierte sie ihn nicht. Helen war schlank, hatte dünne Beine, dünne Arme, und ihre Brüste waren nur im Ansatz zu erkennen. Aber das Vermögen, das sie einmal erben würde, war nicht zu verachten, und so hatte er um ihre Hand angehalten. Helens Vater war froh gewesen, noch einen Betriebswirt in der Firma zu haben, hatte er ihm erzählt. Er dachte schon an die Zukunft, denn selbstverständlich setzte er voraus, dass Helen und Dennis ihm viele kleine Enkelkinder schenken würden und dass Helen dann nicht mehr in der Firma arbeiten würde.

Dennis bevorzugte mollige Frauen mit einem riesigen Hintern und großen Brüsten, zwischen die er seinen Kopf stecken konnte. Aber mit Helen verheiratet zu sein, bedeutete für ihn nicht, sich keine Geliebte zu halten, die genau die Formen besaß, auf die er so stand. Im Gegenteil, er hatte seiner Geliebten sogar eine kleine Wohnung eingerichtet, in der beide sich ihren Sexspielen hingaben. Natürlich durfte seine Frau nichts davon erfahren.

***

Gedankenverloren fing Helen unter der Decke an, mit ihrem unerfüllten Körper zu spielen. Ihre rechte Hand machte sich auf die Suche nach dem kleinen Loch zwischen ihren Beinen. Doch kaum als sie es scheu ertastet hatte, hörte sie, wie Dennis aus der Dusche kam. Schnell nahm sie ihre Finger von ihrer Scheide weg. Dabei kam sie sich vor, als ob sie etwas Verbotenes getan hätte.

»Heute Abend wird es spät, mein Schatz. Wir haben im Club eine Anfrage wegen einer möglichen Aufnahme eines neuen Mitgliedes. Also warte nicht auf mich. Wenn es zu spät wird, schlafe ich gleich dort, um dich nicht zu stören.«

Dennis blieb öfter über Nacht im Club. Dort gab es einige Gästezimmer für Clubmitglieder, die zu viel getrunken hatten. Diesen Service durften nur Mitglieder in Anspruch nehmen.

»Wer möchte denn in eurem erlauchten Verein aufgenommen werden?« Helen konnte nicht verhehlen, dass ihre Stimme einen gewissen Sarkasmus enthielt.

»Was hast du nur gegen unseren Club?«, fragte Dennis ärgerlich. »Dort gibt es lauter ehrenwerte Herren, die sich regelmäßig ohne ihre Frauen treffen. Warum gründest du nicht auch einen Club mit den anderen Frauen?«

Er begann, sich anzuziehen. Um in seine Socken zu kommen, bückte er sich tief vor ihren Augen und gab dabei sein dunkles, schwarzes Loch zwischen seinen Pobacken frei. Direkt vor ihrem Gesicht. Helen errötete sofort. Nachdem er seine Socken langsam angezogen hatte, bückte er sich erneut, dieses Mal, um seine Unterhose anzuziehen. Als ob er es geahnt hätte, dass sie ihm dabei zuschaute, drehte sich Dennis zu ihr um, während er seine Unterhose langsam erst über seine Eier und dann vorsichtig über sein Glied zog. Dabei sah er sie unentwegt an.

»Warum bist du denn jetzt rot geworden?«, fragte er.

»Woher weißt du, dass ich rot geworden bin? Es ist doch viel zu dunkel, um erkennen zu können, dass sich meine Hautfarbe ändert.«

»Dein schneller Atem hat es mir verraten, hat mir gesagt, dass du mir beim Anziehen zugesehen hast.«

Helen drehte sich auf die Seite. Sie spürte, wie es feucht wurde zwischen ihren Beinen, und sie wollte nicht, dass er ihre Erregung bemerkte. Irgendetwas hielt sie immer davon ab, ihm zu zeigen, dass sie mehr wollte, als nur sein Glied in sich zu spüren. Aber was wollte sie eigentlich? Was gab es mehr, als nur diese Art Sex zu haben? Helen war nie aufgeklärt worden, und zu Hause gab es weder schmutzige Gespräche noch irgendetwas in der Art.

Zwar hatte sie hier und dort so manche Dinge aufgeschnappt, aber da Dennis keine Anstalten machte, ihr diese Dinge zu zeigen, wagte sie es auch nicht, ihn danach zu fragen.

Dennis war mittlerweile fertig angezogen.

»Wiedersehen, mein Schatz. Ich sehe dich dann morgen.«

Er gab ihr einen kurzen Kuss auf die Stirn und ging hinaus.

Nun stand Helen auf, zog die Gardinen auf die Seite und bemerkte, dass draußen ein wunderschöner Frühsommermorgen war. Schnell duschte sie, nahm sich ein leichtes Sommerkleid, frühstückte und ging dann zur Garage, in der sich ihr kleines Auto befand. Ohne nachzudenken, fuhr sie hinaus aus der Stadt, bis sie an einer kleinen Schrebergartenkolonie vorbeikam. Helen parkte ihr Auto auf dem Parkplatz direkt neben den Schrebergärten und ging spazieren. Es war wunderbar warm, nicht zu heiß, und einige der Besitzer der Gärten waren fleißig damit beschäftigt, ihre Blumen und Gewächse in Ordnung zu bringen. Einige grüßten freundlich, und andere ließen sich nicht in ihrer Arbeit stören.

Beim letzten Garten angekommen, Helen wollte gerade zurückgehen, stand er da. Groß und muskulös dehnte sich sein nackter Oberkörper der Sonne entgegen, so, als ob er gerade erst aufgestanden wäre. Seine kurzen, engen Shorts ließen sehnige Beine erkennen. Seine gebräunte Haut war von leichtem Schweiß überzogen und glänzte in der Sonne. Als ob er bemerkt hätte, dass Helen ihn anstarrte, drehte er sich langsam zu ihr um.

»Guten Morgen, schöne Frau«, rief ihr eine tiefe, sonore und wohlklingende Stimme zu. »Was hat Sie denn hierhin verschlagen? Haben Sie sich etwa verlaufen?«

Langsam kam er auf sie zu und blieb am Zaun stehen, der sie voneinander trennte. Im Kontrast zu seiner gebräunten Haut schimmerten seine Zähne wie in einer Werbung für Zahncreme.

»Nein, nein …«, stotterte Helen verlegen.

»Ich gehe nur etwas spazieren.«

Was für wunderschöne wilde Augen, durchfuhr es Helen. Noch nie hatte sie so dunkle, feurige Augen gesehen. Sie musterten sie aufmerksam.

»Wollen Sie hereinkommen, ich habe gerade frischen Kaffee gekocht?«

Helen konnte seinem freundlichen Lächeln nicht widerstehen und nickte leicht. Während er ihr das Gartentor öffnete, wurde es feucht zwischen ihren Beinen.

Was tue ich hier? Ich gehe einfach zu einem Fremden … Was mache ich nur?

Aber es war, als ob er einen Bann über sie gelegt hätte, sie konnte ihm nicht widerstehen. Es war etwas Animalisches um ihn, etwas, das sie anzog und dem sie nicht entfliehen konnte und wollte.

Er geleitete sie zu einem kleinen Holzhäuschen.

»Wollen Sie lieber drin oder hier draußen die Tasse Kaffee trinken?«, fragte er.

Am liebsten hätte Helen geschrien: *Drinnen, dort, wo du mich nehmen kannst, so wie du es willst!*

Aber, erschrocken über das, wie sie gerade gedacht hatte, antwortete sie leise und höflich, so, wie sie nun einmal erzogen worden war: »Hier draußen, bitte. Es ist so schön heute.«

»Ja, da haben Sie recht.«

Fünf Minuten später tranken beide gedankenverloren ihren Kaffee. Helens Hände zitterten, und sie hatte Angst, dass er es bemerken würde. Was tat sie nur bei diesem fremden Mann?

»Wohnen Sie in der Stadt?«

Fragend sah sie ihn an, musste aber sofort ihren Blick senken, aus Angst, er könnte darin ihre Sehnsucht nach seiner Nähe erkennen.

Er muss mit mir sprechen, dachte Helen. *Ich muss seine wundervolle Stimme hören!*

Diese Stimme, die verursacht hatte, dass es zwischen ihren Beinen feucht geworden war. Diese Stimme, die ihre Brustwarzen hart gemacht hatte. Etwas, was noch nie zuvor geschehen war. Was Helen bewusst wurde, war, dass sich ihre Brustwarzen in ihrem harten Zustand gegen den dünnen Stoff ihres leichten Sommerkleides drängten, und dass ihr aufmerksamer Gastgeber dieses gerade bemerkte.

»Nein, ich bin nicht von hier«, antwortete der Fremde. »Ich besuche Freunde, die diesen Schrebergarten besitzen. Sie haben mir angeboten, den Sommer über hier zu wohnen. Im Winter fliege ich wieder zurück nach Australien. Dort komme ich her.«

Helen zitterte. Was nur machte diese Stimme mit ihr? Noch nie zuvor in ihrem ganzen Leben hatte sie diese Erregung verspürt.

»Ist Ihnen kalt?«, fragte er.

Helen schüttelte den Kopf und sah ihn nur an.

Warum nimmst du mich nicht? Warum legst du deine Arme nicht um mich?

Ihre Augen sahen ihn flehend an.

»Ich muss gehen, ich muss wieder nach Hause.« Unvermittelt war Helen aufgestanden. Sie konnte nicht hier bleiben. Sie hatte Angst, dass sie ihn anbetteln würde, mit ihr zu machen, was er wollte. Sie war so erschrocken über sich und ihre Gefühle, dass sie befürchtete, sich vor ihm zu erniedrigen, sich zu blamieren.

»Das ist schade«, sagte er traurig. »Ich bekomme selten Besuch hier draußen.«

Aber er war aufgestanden und half ihr aus dem Gartenstuhl. Seine Berührung war wie ein elektrischer Schlag auf ihrer Haut, und kalter Schweiß trat auf ihre Stirn. Seine starken Hände hielten sie für einen kurzen Moment fest, um sie dann abrupt loszulassen.

»Entschuldigung«, presste er hervor. »Es tut mir leid. Ich wollte Ihnen nicht weh tun.«

Ganz dicht stand er vor Helen, und sein Atem berührte ihre heiße Stirn.

»Aber Sie haben mir nicht weh getan, im Gegenteil …« Helen sah zu ihm auf, direkt in seine dunklen Augen. Und nun war *er* es, dessen Stirn nass wurde. Wie unter Zwang legte Helen ihre Arme um seinen nackten Oberkörper und schmiegte sich eng an ihn.

Mein Gott, was mache ich hier?, dachte sie.

Erschrocken wollte sie ihre Arme von ihm lösen, aber er hielt sie fest. Ganz tief versanken seine Augen in ihren. Sie ließ es zu, dass er sie erst auf ihre Stirn, dann auf die Schläfen und ihre Wangen küsste. Etwas zwischen ihren Beinen regte sich. Es war ein Gefühl, das sie bisher nie so stark verspürt hatte. Es drängte sie, ihre Beine ein wenig zu spreizen.

»Ich heiße Helen«, stotterte sie, um etwas zu sagen, um die Situation zu entschärfen.

Aber er tat so, als ob er sie nicht gehört hätte. Seine Lippen waren mittlerweile an ihrem Hals angelangt und seine Zunge leckte langsam die kurze Strecke bis zu ihren kleinen Ohrläppchen. Das Gefühl zwischen ihren Schenkeln verstärkte sich, drängte sie, die Beine noch weiter zu spreizen. Was geschah mit ihr?

»Wie heißt du?«, flüsterte sie ihm erregt in sein Ohr, während seine Zunge das andere Ohrläppchen erreicht hatte und seine Lippen nun zärtlich an ihm saugten.

»Tom.«

»Tom, ich …«, aber sie konnte nicht weitersprechen, da er ihr gerade mit seiner harten Zunge die Lippen auseinanderteilte.

»Lass mich in deinen Mund, komm, mach schon.«

Erschrocken von seiner Wildheit stieß Helen ihn von sich weg.

»Ich muss gehen, ich muss nach Hause«, stotterte sie hilflos und rannte los, öffnete mit fahrigen Fingern die kleine Gartentür und lief davon. Sie schaute nicht zurück, aus Angst, er könnte ihr folgen und sie könnte ihm dann nicht mehr widerstehen. Sie fürchtete sich vor ihren eigenen Gefühlen und dass sie stehen bleiben würde und sich erneut von ihm küssen lassen würde.

An ihrem Auto angekommen, zitterten ihre Hände so sehr, dass sie fast den Schlüssel nicht in das Türschloss hineinbekam. Endlich war die Tür auf und sie fiel auf den Fahrersitz ihres Autos.

Ihr ganzer Körper bebte und das unsäglich quälende Gefühl zwischen ihren großen Schamlippen hatte noch mehr zugenommen.

»Warum bin ich weggelaufen? Warum habe ich mich ihm nicht hingegeben? Warum habe ich es nicht zugelassen?«, jammerte Helen vor sich hin. Sie startete den Wagen und fuhr so schnell sie konnte nach Hause.

***

Im Schlafzimmer angekommen, warf sich Helen auf das Bett. Ihr ganzer Körper zitterte immer noch und das unbeschreibliche Gefühl zwischen ihren Beinen wurde schlimmer und schlimmer.

»Ich halte das nicht mehr aus«, wimmerte sie in ihr Kopfkissen. »Ich will endlich eine Erleichterung, eine Erlösung, endlich einen Orgasmus. So kann es nicht mehr weitergehen!«

Um dieses erregende Gefühl loszuwerden, zog Helen sich ihr von Schweiß durchnässtes Kleid aus, dann ihren feuchten Schlüpfer. Einen BH trug sie nicht, denn ihre kleinen festen Brüste standen ohne Hilfe. Sie drehte das Wasser in der Dusche auf lauwarm und hoffte so, dieses unerträgliche Gefühl zwischen ihren Beinen einfach wegzuduschen. Sie hielt den Strahl direkt zwischen ihre großen Schamlippen, aber es brachte keine Linderung, im Gegenteil, es schien dieses Gefühl noch zu verstärken.

Helen war kurz davor, laut loszuschreien: »Warum hilft mir denn niemand? Warum erlöst mich keiner? Ich halte es nicht mehr aus!«

Anschließend wälzte sie sich auf ihrem Bett. Immer wieder suchten ihre Finger nach dem Übel ihrer Unruhe, ihrem

Kitzler, aber besänftigen konnte sie ihn nicht.

Die Augen des Mannes, den sie vor über einer Stunde kennengelernt hatte, verfolgten sie. Sobald sie ihre Augen schloss, stand er vor ihr. Sie dachte an seine fordernde Zunge, die zwischen ihre Zähne in ihren Mund wollte. Warum hatte sie nicht nachgegeben? Vielleicht hätte er ihr die Erlösung gebracht, nach der sie sich schon seit über drei Jahren sehnte! So lange war sie bereits mit Dennis verheiratet, und so lange wartete sie bisher vergeblich auf ihren ersten Orgasmus. Helen war als unerfahrene Jungfrau in die Ehe mit Dennis gegangen, und er hatte es bis jetzt nicht geschafft, ihr auch nur einen einzigen Orgasmus zu verschaffen.

Fahrig stand sie auf und rannte in ihrem Zimmer hin und her.

Ich halte es nicht mehr aus, ich halte es nicht mehr aus!, hämmerten die Gedanken in Helens Kopf. *Es muss etwas geschehen!*

Sie dachte darüber nach, Dennis anzurufen und ihn zu bitten, zu ihr nach Hause zu kommen. Aber was sollte sie ihm sagen? Welchen Grund sollte sie ihm nennen, sie sofort zu Hause aufzusuchen?

Dass sie ein prickelndes, erregendes Gefühl zwischen ihren Schamlippen hatte, das sie sich nicht erklären konnte? Dass ihr ganzer Körper vor Erregung bebte und danach schrie, endlich erlöst zu werden? Er würde sie auslachen!

Schnell verwarf sie den Gedanken.

Aber dieser Fremde hatte ihr Gefühl derartig verstärkt, dass sie es jetzt nicht mehr ohne ihn aushielt.

Helen schluchzte laut auf. Was sollte sie nur machen?

Wieder warf sie sich auf ihr Bett und wieder wälzte sie sich von einer Seite auf die andere. Je öfter sie die Augen schloss, desto mehr sah sie direkt in das dunkle Feuer, das die Augen des Mannes in dem Schrebergarten versprühten.

Ruckartig setzte sich Helen auf.

Ich muss wieder zu ihm!

Sie überlegte nicht mehr, sondern folgte einem inneren Drang, den sie sich nicht erklären konnte und den sie nicht mehr unter Kontrolle hatte.

Kapitel 2

Mit klopfendem Herzen, so, als ob sie zu ihrem ersten Date aufbrechen würde, suchte Helen in ihrem Kleiderschrank nach einem besonders hübschen Sommerkleid, das sich anmutig um ihre schlanke Figur legte. Make-up benutzte sie nie und würde es auch heute nicht auflegen. Sie suchte nach einem Schlüpfer, der farblich zu ihrem Sommerkleid passte und zog ihn langsam über ihre dünnen Beine nach oben.

Ob sie ihm gefiel?, fragte sie sich atemlos, als sie sich im Spiegel betrachtete.

Sie wusste, sie tat etwas Unerhörtes.

Sie, eine verheiratete Frau, war auf dem Weg zu einem Mann, der das Feuer, das in ihr brannte, noch mehr geschürt hatte.

Entfacht hatte es Dennis, ihr eigener Ehemann, vor einigen Jahren, aber bisher war Dennis leider nicht in der Lage gewesen oder nicht gewillt, es zu löschen.

Die passenden Schuhe mit extrem hohen Absätzen rundeten ihr Outfit ab.

***

Nervös und mit schlotterigen Beinen setzte sie sich erneut in ihr Auto und fuhr los.

Warum dauert es nur so lange?

Erregt biss sie sich auf die Lippen. Die Fahrt schien kein Ende zu nehmen.

Was, wenn er nicht da ist?

Der Gedanke daran ließ sie das Steuer herumreißen. Nur mit großer Mühe konnte sie ihr Auto wieder in die richtige Richtung bringen.

***

An der Schrebergartenkolonie angekommen, parkte Helen und lief den Sandweg zwischen den liebevoll angelegten Gärten entlang, bis sie sich vor dem vorletzten Garten befand. Dort hielt sie inne, um nach Luft zu schnappen und sich etwas zu beruhigen. Was ihr aber kaum gelang. Vorsichtig ging sie die nächsten Schritte bis zu dem Gartentor, das zu seinem Schrebergarten führte.

»Hallo? Hallo!«, rief sie eher leise über den Zaun.

Was sollte er nur von ihr denken? Helen erschrak über ihren eigenen Mut und wollte sich gerade umdrehen und wieder gehen, als Tom plötzlich vor ihr stand.

So, als ob er nur auf sie gewartet hätte, öffnete er das kleine Gartentürchen und bat sie mit einer Handbewegung hinein.

Er sah noch besser aus, als sie ihn in Erinnerung hatte. Helen schnappte nach Luft.

»Ist dir nicht gut?«, fragte er.

»Doch, doch …«, antwortete Helen schnell. »Es ist nur sehr heiß heute.«

Tom nickte zustimmend und schaute ihr tief in die Augen. Dann zog er sie ganz langsam an sich heran, legte beide Arme um ihre Hüften und presste seine Lippen auf ihre. Wieder drängte sich seine Zunge gegen ihre Zähne, und langsam gab sie nach. Sofort stieß er sie hinein und erforschte ihren Mund.

Mein Gott, so hat mich noch nie ein Mann geküsst!, dachte Helen überwältigt.

Noch härter umfasste er ihre Taille, und als er sie noch enger an sich zog, spürte sie, wie sich sein Glied versteifte, hart wurde und sich gegen ihren Bauch presste. Seine Zunge drängte sich noch tiefer in ihren Mund und wie eine Art Reflex, saugte sie sich an ihr fest. Ein lautes Stöhnen drang aus seinem Mund in ihren. Er hob sie auf und trug sie in das kleine Holzhäuschen. Innen war es schummrig, und Helen konnte nicht sofort etwas erkennen. Sie spürte, dass er sie auf eine Art Bett legte. Dann zog er die Gardinen an den Fenstern zurück und sofort wurde es taghell.

»Nein, nein, bitte lass die Gardinen zu«, flüsterte Helen erschrocken.

Sie war es nicht gewohnt, in einem erleuchteten Raum Sex zu haben. Selbst als ihr Mann sich heute Morgen vor ihr gebückt hatte und sein schwarzes Loch zwischen seinen Pobacken vor ihr entblößte, hatte sie nur Konturen erkennen können. Denn die Gardinen hatte sie erst auf die Seite geschoben, nachdem er längst den Raum verlassen hatte.

***

Sie wusste nicht, dass Dennis es nicht schaffen würde, ein steifes Glied zu bekommen, würde er sie bei Licht sehen. Deshalb musste es immer dunkel sein. So konnte er sich vorstellen, ein derbes Weib vor sich zu haben und nicht so eine Dame, wie sie es nun einmal war.

***

»Ich will dich dabei sehen. Ich muss alles an dir sehen, alles.« Während Tom diese Worte aussprach, schob er ihr Kleid hoch, sodass sie nur noch mit einem Schlüpfer bedeckt vor ihm lag. Scham überkam Helen. Scham, aber auch eine Erregung, wie sie sie nie zuvor gespürt hatte. Einerseits wünschte sie sich, dass er ihr Höschen herunterreißen würde und andererseits wäre sie am liebsten weggelaufen.

Wenn er mich doch nur nicht so ansehen würde, dachte sie und in dem Moment spürte sie, wie sich einer seiner Finger langsam unter ihr Höschen schob. Nicht einen Blick ließ er dabei von ihr.

»Du bist ganz schön nass. Gefällt dir, was ich mit dir mache, oder soll ich aufhören?«

»Nicht aufhören, bitte, nicht aufhören. Mach weiter.«

Unbewusst hatte sie dabei ihren Unterkörper leicht angehoben und ihm entgegengestreckt. Seine Hände zogen langsam und vorsichtig ihr Höschen hinunter, bis ihr mit hellen krausen Haaren bedeckter Venushügel zu sehen war. Helen keuchte leicht, als sie ihm dabei zuschaute, wie er sich hinabbeugte und ihn mit leichten Küssen übersäte. Je tiefer er ihr Höschen zog, umso tiefer wanderte auch sein Mund. Bis an die Stelle, die schon seit geraumer Zeit in ihr Gefühle entfachte, die sie nie zuvor gespürt hatte. Nun zog er das Höschen hinunter bis zu ihren Füßen.

»Heb dein rechtes Bein«, forderte er sie auf.

Ihr Bein heben? Aber dann konnte er doch zwischen ihre Schenkel blicken und sich ihre Vagina genau ansehen! Ein erneutes Schamgefühl überkam sie, und ihr ganzer Körper überzog sich mit Gänsehaut. Tom hatte es bestimmt bemerkt!

Mit einem leichten Lächeln hob er ihr Bein an, höher als nötig, um ihr Höschen auszuziehen. Während Helen sich vor Scham wand und vor langsam aufkeimender Lust nicht wusste, was sie tun sollte, wohin sie sich verstecken sollte, spreizte er langsam ihr Bein, noch während er es hoch hielt. Sie wusste, nun war sie in ihrer ganzen Blöße seinem Blick völlig ausgeliefert. Ihr Atem ging schneller und sie schloss ihre Augen in der Hoffnung, dass sie so ihr Schamgefühl etwas leichter ertragen würde. Ihr ganzer Körper zitterte.

»Nicht die Augen schließen. Das hilft nichts, denn ich sehe alles, was du mir gerade anbietest. Bitte, mach deine Augen auf.«

Immer noch zitternd vor Scham kam sie seiner Aufforderung nach.

Langsam legte er ihr rechtes Bein auf die Seite, weit abgespreizt von ihrem Körper. Kaum hatte er es wieder hingelegt, forderte er sie erneut auf: »Nun heb dein linkes Bein.«

Mit einem erneuten Anfall von Gänsehaut auf dem ganzen Körper und Scham tat sie es, legte allerdings sofort die Hand über ihre Geschlechtsteile, um sie vor seinen forschen Augen zu verhüllen.

Ein überraschter und verblüffter Ausdruck erschien auf Toms Gesicht. Langsam schob er ihren Arm zur Seite und entblößte so ihren Unterkörper total vor seinen Augen.

Sein Blick ruhte auf ihr, und plötzlich verzogen sich seine Lippen zu einem Lächeln. Ganz wenig nur, aber es zeigte, dass ihm das, was sie ihm gerade mehr oder weniger freiwillig darbot, ausnehmend gut gefiel. Er warf ihr Höschen in den Raum, hob ihre beiden Beine hoch und drückte sie bis an ihre Brust.

»Halt sie fest«, forderte er sie erregt auf. »Schieb deine Hände unter die Kniekehlen, komm, mach schneller.«

Helen tat, was er von ihr verlangte. Sie lag rücklings auf

dem Bett, oder vielmehr auf der Couch, die ihr als Bett diente, hatte ihre Hände unter ihre Kniekehlen geschoben und hielt ihre Beine fest an ihre Brust gedrückt.

»Nicht so …« Ungeduldig zerrte er erst ihr linkes Bein ganz nach außen und dann ihr rechtes.

»Halt sie so gespreizt, ja, so ist es gut. Zeig mir, was du hast, zeig mir deine Fotze, lass mich sie trinken.«

Helen zitterte, aber nicht nur von der Anstrengung, ihre Beine so weit wie möglich auseinanderzuhalten. Nein, sie zitterte vor dem unbekannten Gefühl, das ihren Körper übermannt hatte. Die Worte, die er benutzte, war sie nicht gewohnt. Aber sie beide taten etwas Verbotenes, also durfte er auch die verbotenen Wörter benutzen, die bei ihr zu Hause tabu waren.

Ja, so wollte sie fühlen. Das musste Lust sein!

»Mach mit mir, was du willst!«

Hatte sie das wirklich gerade gesagt? Hatte sie ihn wirklich gerade angefleht, mit ihr zu machen, was er wollte? Wusste sie überhaupt, was das alles beinhaltete? Es war ihr in dem Moment egal. Ihre Stelle, ganz oben zwischen ihren Schamlippen, pochte und verlangte Erlösung. Erlösung durch einen Orgasmus. Aber so schnell wollte Tom anscheinend nicht, dass sie diesen so lang ersehnten Orgasmus bekam.

Er kniete sich direkt vor Helen, während sie ihre Beine immer noch weit auseinandergespreizt festhielt, und beugte seinen Kopf genau über ihre dicken Schamlippen. Langsam zog er sie auseinander, versenkte seine Zunge dazwischen und fing an, sie dort ausgiebig zu lecken.

Helen stöhnte laut auf, ein Erregungszustand befiel sie, wie sie ihn noch nie erlebt hatte. Sie zitterte am ganzen Körper und ihre Beine rutschten aus ihren Händen.

»Wenn du das nächste Mal zu mir kommst, werde ich etwas konstruiert haben, das deine Beine auseinanderhält. Noch weiter gespreizt als jetzt und noch weiter nach hinten, damit ich an all deine Löcher kann«, flüsterte er Helen ins Ohr. »Dann hast du deine Hände frei, um mit mir zu spielen. So muss ich mir meine Hose selbst aufmachen und meinen Schwanz herauslassen.«

Helen drehte ihren Kopf auf die Seite.

»Schau mich an!«, keuchte er erregt.

»Ich will, dass du dir alles ansiehst, verstanden?«

»Ja, ist ja gut.«

Helen war irritiert über seine plötzliche Wut, aber er beruhigte sich sofort wieder. Direkt vor ihrem Gesicht zog er langsam seine Shorts herunter, dabei bemerkte sie, dass er keine Unterhose anhatte. Langsam schälte sich sein Schwanz heraus und, endlich von seiner engen Hülle befreit, schnellte er hervor und stand prall und dick vor ihrem Gesicht. Helen erschrak noch mehr.

Was für ein Ungetüm! Und seine beiden Eier … dick gefüllt von Sperma und hart, genauso hart wie sein Schwanz!, dachte sie erschrocken. Wie sollte dieses Ungetüm jemals in ihre enge Scheide passen?

War ihr das Glied von Dennis schon erschreckend groß erschienen, als sie es das erste Mal schmerzhaft in sich fühlte, so konnte sie sich nicht vorstellen, dass Tom diesen riesigen Penis jemals in sie pressen könnte.

»Der ist aber groß!«, rief sie erschrocken aus.

Ein Lächeln trat auf Toms Gesicht. »Ich weiß, er ist riesig und genau so einen riesigen Spaß wird er dir bereiten. Warte nur mal ab! Lass deine Beine los und leg sie schön weit gespreizt aufs Bett, so ist es gut.«

Tom kniete sich über Helen und zog ihr das Kleid aus. Dann warf er es über seinen Kopf nach hinten und es landete direkt neben seinen Shorts und ihrem Höschen. Vorsichtig glitt seine Zunge über ihre harten Brustwarzen. Er saugte abwechselnd an dem rechten und dem linken Nippel. Helens Körper fing an zu brennen. Wann würde er ihr den ersehnten ersten Orgasmus bescheren? Würde er es überhaupt tun? Sie spürte, sie war bereit. Bereiter, als sie es jemals gewesen war. Bereit für das Unbekannte, auf das sie schon so lange wartete.

Tom richtete seinen Oberkörper etwas auf, rückte ein wenig höher und bückte sich nur noch leicht zu ihr hinunter, gerade so weit, bis die Spitze seines Schwanzes direkt über ihrem Mund war.

»Komm, leck ihn, steck deine Zunge in seine kleine Spalte da vorn an der Eichel, komm, saug die ersten Tropfen aus ihm heraus!«

Helen öffnete erschrocken ihren Mund. Noch nie zuvor hatte sie den Schwanz eines Mannes im Mund gehabt. Leichter Ekel befiel sie, doch bevor sie weiter darüber nachdenken konnte, spürte sie seine Eichel an ihren Lippen.

»Leck ihn, komm, mach schon, leck die kleine Spalte ganz vorn, leck sie aus!«

Das war zu viel für Helen. Sie, die streng katholisch aufgewachsen und nie über Sex aufgeklärt worden war, höchstens einige Dinge darüber in ihrer Pubertät aufgeschnappt hatte, ohne je zu wissen, was es eigentlich bedeutete, empfand es als äußerst schmutzig und obszön, den Penis eines Mannes in den Mund zu nehmen. Allein der Gedanke daran verursachte ihr Übelkeit. Dass sie ihm erlaubt hatte, sie zwischen ihren dicken Schamlippen zu lecken und dass diese Art von

Zärtlichkeit auch schmutzig sein könnte, daran dachte sie in diesem Moment nicht.

Sie stieß seinen Penis auf die Seite und schaffte es, unter Tom herauszukommen. Völlig überrascht lag Tom auf seiner Seite und schaute ihr zu, wie sie hastig ihr Höschen über ihre dünnen Schenkel zog und ihr Sommerkleid anzog.

»Und was soll das, bitte?«, fragte er leicht amüsiert, überrascht und etwas zornig.

»Solche Sachen mache ich nicht! Das ist nicht normal. Das machen keine normalen Menschen.«

»In welcher Welt lebst du denn?«, fragte Tom nun völlig entgeistert. »Seit wann ist es unnormal, wenn eine Frau den Schwanz eines Mannes lutscht?«

»Das ist schmutzig, das macht man nicht!«

»Ach so, das macht man nicht. Wer hat dir das denn gesagt? Aber dass du dich hinlegst und deine Beine schön weit für mich öffnest, und mir in aller Deutlichkeit dein Fötzchen zeigst, das ist normal? Das ist nicht schmutzig? Dass ich deine kleinen Schamlippen mit meinem Mund und meiner Zunge verwöhnt habe, das ist nicht schmutzig?« Tom wurde wütend.

Helen liefen Tränen der Scham über ihre Wangen. Sie zitterte am ganzen Körper, als sie daran dachte, wie er jeden Zentimeter zwischen ihren Schamlippen mit seiner Zunge erkundet hatte und er sich alles dabei auch noch genau angesehen hatte.

»Aber, aber …«, schluchzte sie.

Doch Tom ließ sie nicht ausreden. »Was bist du? Eine Frau oder ein kleines Mädchen?«

Sie antwortete nicht, zitterte vor sich hin.

»Bist du verheiratet?«, wollte Tom wissen.

Helen nickte. Sie stand wie ein begossener Pudel vor der Couch, auf der Tom immer noch lag und an seinem Schwanz rieb.

Ein lautes Lachen von Tom folgte ihrem Nicken. »Du bist verheiratet?« Ungläubig schüttelte er den Kopf. »Und wie haben du und dein Mann Sex?«

»Ja, halt so, wie es sich gehört ...«

»Und wie gehört es sich deiner Meinung nach?«

Helen schämte sich, je länger dieses Frage- und Antwortspiel dauerte. Ihr wurde langsam bewusst, dass es mehr zwischen Mann und Frau geben musste, als das, was sie und Dennis alltäglich miteinander machten. Aber sie deshalb auszulachen, das fand sie nicht richtig.

Langsam hob sie ihre Schuhe auf, drehte sich um und verließ das kleine Häuschen. Als sie am Gartentor angekommen war, holte Tom sie ein.

»Weißt du, Helen«, sagte er und fasste sie beim Arm, »ich hätte dich eben haben können. Ich hätte dich einfach festhalten können und mit dir machen können, was ich wollte. So, wie du dich mir angeboten hast. Aber ich bin trotz allem ein Gentleman. Ich würde einer Frau nie Gewalt antun, aber was du gerade mit mir machst, ist so etwas Ähnliches.«

»Wieso das denn?« Erstaunte große Augen musterten Tom.

»Du hast wirklich keine Ahnung, oder?«, fragte er.

Sie blickte auf den Boden.

»Helen, wenn du erlaubst, dass ein Mann sich an dir erregt und sein Schwanz so hart wird, wie meiner es bei deinem nackten Anblick geworden ist, dann darfst du ihn nicht einfach so verlassen. Dann musst du schon dafür sorgen, dass er abspritzen darf. Sonst fühlt er sich genau so, wie du dich gefühlt hast, als du zu mir ins Häuschen kamst.«

Wieder wurde Helen rot und verlegen und entschuldigte sich leise bei ihm. Sie wusste nicht mehr, was sie ihm noch sagen sollte. Sie wollte ja, aber ihre Erziehung war einfach stärker. Die sexuelle Erregung, die schon lange von ihr Besitz ergriffen hatte und noch nie erlöst worden war, verstärkte sich nun wieder.

Sie drehte sich um, und fing langsam an, den Weg zu ihrem Auto einzuschlagen.

»Helen«, rief ihr Tom nach.

Sie drehte sich um.

»Komm zurück, wenn du erwachsen bist. Wenn du erkannt hast, dass du eine Frau bist. Ich warte hier auf dich. Ach, und noch etwas, Helen, wenn du morgen wiederkommst, zieh kein Höschen an, in Ordnung?«

Helen wollte zurück, wollte sich in seine starken Arme werfen und alles um sich herum vergessen. Wollte endlich einmal einen sexuellen Höhepunkt erreichen, damit dieser Zustand, in dem sie sich befand, endlich aufhörte.

Aber noch siegten ihre Erziehung und ihr Verstand.

Erst als sie im Auto saß, begriff sie seine Worte. Er war sich sicher, dass sie morgen wieder zu ihm käme ... Woher nahm er nur diese Gewissheit?

Kapitel 3

Helen wusste nicht, wie sie nach Hause gekommen war. Sie lag auf ihrem Bett und ihr ganzer Körper brannte. Sowie sie sich die Begegnung mit Tom in Erinnerung rief, krümmte sie sich vor Scham zusammen und errötete zutiefst.

Seine Augen, die jeden Zentimeter ihres Körpers erforscht hatten, seine Zunge, die Stellen berührt hatte, die noch nie zuvor von einem Mann ertastet, geküsst oder geleckt oder je angeschaut worden waren.

Stimmte das, was er gesagt hatte? Dass es normal wäre, wenn sich Mann und Frau gegenseitig mit dem Mund verwöhnten? Hatten ihre Eltern das auch gemacht?

Bei dem Gedanken wurde sie jäh in die Wirklichkeit zurückgeholt.

Aber warum machte Dennis, ihr Mann, nicht den Versuch, sie dort zu lecken, wo Tom es getan hatte und was ihren Körper erzittern ließ? Wieder durchjagte sie ein Schauer, der ihren Körper zusammenkrümmte.

Es war ein wunderbares Gefühl gewesen, als er langsam ihre dicken Schamlippen auseinandergezogen hatte, sich alles genau angeschaut hatte, um dann ganz langsam und vorsichtig mit seiner Zunge die kleinen Schamlippen, die sich dazwischen versteckten, zu lecken und zu liebkosen.

Helen schrie leise auf. Ihr Körper reagierte auf ihre Gedanken. Wogen der Erregung durchfluteten sie, und sie bäumte sich auf. Dieses Gefühl, das nach Erleichterung schrie, dieses Gefühl, das sie nicht mehr losließ, dieses Gefühl, das sie unruhig, rastlos und unstet machte!

Wann endlich würde sie Erleichterung erlangen?

Helen hatte schon einige Male daran gedacht, einen Arzt aufzusuchen, um sich Beruhigungstabletten verschreiben zu lassen. Aber die Scham hatte sie zurückgehalten. Was hätte sie dem Arzt sagen sollen, wenn er gefragt hätte, wo ihre Unruhe herkäme? Dass sie sexuell erregt sei, aber noch nie einen Orgasmus gehabt hätte?

Das Klingeln an der Haustür unterbrach ihre Gedanken. Schnell stand sie auf, kämmte sich kurz durch die Haare und wartete darauf, dass Sally, das Hausmädchen, ihr einen Gast melden würde. Stattdessen klingelte es wieder, dieses Mal etwas ungestümer als zuvor.

Als Helen auf die Uhr sah, stellte sie fest, dass es schon Nachmittag war und Sally längst zu Hause bei ihren Lieben war. Sie beeilte sich nun, selbst die Tür zu öffnen. Davor stand Laura, ihre beste Freundin.

»Wo bleibst du nur so lange? Es hat ja ewig gedauert, bis du mir die Tür aufmachst!«, maulte sie, war aber nicht wirklich böse. »Was hast du denn getrieben?«

»Wie, was habe ich getrieben?« Helen spürte die Hitze in ihrem Gesicht aufsteigen.

»Na, sieh mal einer an ... Da wird jemand rot. Was hast du mir zu erzählen? Komm, rück schon raus mit der Sprache. Ich sehe doch, dass es da etwas gibt! Was verbirgst du vor mir, deiner besten Freundin?« Gespielt gekränkt drehte sich Laura um, so, als ob sie beleidigt wäre.

»Nichts, Laura. Es ist wirklich nichts.«

Nicht wirklich besänftigt, aber abgelenkt, plapperte Laura los. »Gehen wir morgen Badminton spielen? Das Wetter ist herrlich und da dachte ich, wir könnten uns so ein wenig die Zeit vertreiben?«

Helen überlegte kurz, dann stimmte sie zu. Das war eine gute Idee von ihrer Freundin. Es würde sie ablenken und auf andere Gedanken bringen. Laura war mit Geld einfach nicht zu bezahlen. Sie war zwar nicht die Klügste, aber umsichtig, nett und ein Mensch, auf den sich Helen hundertprozentig verlassen konnte.

Trotzdem fand sie nicht den Mut, mit ihr über sexuelle Themen zu sprechen. Helens Mutter hatte Sex einmal als »notwendiges Übel« bezeichnet, mit dem verheiratete Frauen gestraft wären. Deshalb empfand Helen es ebenso, aber nur so lange, bis ihr Körper anfing, sich nach etwas zu sehnen und nach etwas zu verlangen, das mehr war, als das, was Dennis ihr beim Sex gab.

Aber heute hatte sie etwas Neues erlebt, etwas, das Sex in ein ganz anderes Licht rückte. In ein aufregendes, aufwühlendes Licht, das es vielleicht wert war, erforscht und entdeckt zu werden.

Wieder wurde Helens Körper von einem Schauer erfasst und ihre Wangen glühten, als sie daran dachte, wie Tom seinen Kopf zwischen ihre Beine gedrängt hatte. Der Gedanke an seinen starken, stattlichen Schwanz, der fast senkrecht in der Luft gestanden hatte, ließ ihre Klitoris erzittern.

Ein lauter, wohliger Seufzer kam aus ihrem Mund.

»Irgendetwas hast du doch ... Was ist mit dir los? Komm Helen, dafür kenne ich dich schon zu lange, um nicht zu wissen, dass etwas mit dir nicht stimmt.«

Bevor Helen antworten konnte, klingelte das Telefon.

»Hallo Liebling, na, was machst du?« Es war Dennis.

»Laura ist gerade da. Wir machen Pläne für morgen. Und was machst du gerade?«

»Langweilige Buchführung. Übrigens, wir gehen heute Abend aus. Dein Vater hat beschlossen, dass es mal wieder Zeit für ein Familientreffen ist, und so sind wir bei deinen Eltern zum Abendessen eingeladen. Oder hast du andere Pläne, mein Schatz?«

»Nein, Dennis, ich hatte für heute Abend noch nichts vor. Sag Vater, dass wir kommen.«

»In Ordnung, ich hole dich dann gegen halb acht Uhr ab. Tschüss, mein Schatz.«

»Tschüss, Dennis.«

»Mal wieder ein langweiliges Essen mit deinen Eltern?«

Helen nickte. Aber es würde sie ablenken, und das war gut so.

»Wann treffen wir uns morgen früh?« Erwartungsvoll blickte Laura auf Helen.

»Halb neun, oder ist dir das zu früh?«

»Nein«, Laura schüttelte den Kopf, »das ist prima. Bis Morgen.«

»Bis Morgen.« Helen winkte ihrer Freundin noch einmal kurz nach und schloss die Tür hinter ihr. Ihre Erregung hatte sich etwas gelegt. Langsam ließ sie die Badewanne voll Wasser laufen und legte sich hinein. Ihre Finger wanderten, wie so oft in den letzten Jahren, an die Stelle ihres Körpers, die sie so sehr peinigte, ihr solche Qualen bereitete. Wenn sie nur wüsste, wie sie sich selbst einen Orgasmus verschaffen konnte ...

Ihre Finger teilten ihre großen Schamlippen, und es war ein schönes Gefühl, wie das warme Wasser zwischen sie eindrang und sie umspülten.

Helen hatte schon einmal versucht, ihrer Erregung Herr zu werden, indem sie die Dusche direkt auf ihre Schamlippen gerichtet und einen vollen Strahl über sie hatte laufen lassen. Ein anderes Mal hatte sie ihre Schamlippen mit ihren Fingern gespreizt und einen vollen Wasserstrahl direkt auf ihre Klitoris gerichtet. Aber nichts hatte geholfen, im Gegenteil, all diese Bemühungen hatten ihre Erregung nur noch verstärkt.

Helen wusste, es musste etwas geschehen, sonst würde sie die Unruhe, die sie immer und überall begleitete, nicht mehr unter Kontrolle bringen können. Sie hatte wirklich Angst, eines Tages loszuschreien, um damit allen ihre Not kundzutun.

***

Pünktlich um halb acht hupte es vor ihrer Haustür. Es war Dennis, der sie zu dem Essen bei ihren Eltern abholte.

»Du siehst toll aus«, sagte er anerkennend, als sie zu ihm in das Auto stieg.

Dankbar lächelte Helen ihn an. Sie konnte sich nicht über ihren Mann beklagen. Dennis war meist gut gelaunt, stets höflich und zuvorkommend zu ihr, und auch seine ehelichen Pflichten nahm er fast täglich wahr.

Nur, er brachte sie nie zum Orgasmus. Steckte sein Glied in ihre Scheide, bewegte sich hin und her, bis er abspritzte, drehte sich dann um, um zu schlafen oder stand anschließend auf, um zur Arbeit zu gehen.

Er küsste sie auch, aber nicht heftig und gierig, voller Lust und Erregtheit, sondern schnell und flüchtig. Ab und zu berührte er ihre Brustwarzen und spielte ein wenig damit. Niemals wäre er auf die Idee gekommen, seinen Kopf zwischen ihre Beine zu stecken, um sie dort zu lecken und ihre Klitoris zu einem Höhepunkt zu bringen.

Er wäre auch niemals auf die Idee gekommen, seinen Penis in ihren Mund zu stecken, damit sie ihn lecken oder gar an ihm saugen könnte.

Helen wusste nicht, ob ihr Mann sexuell auch nicht besser aufgeklärt war als sie selbst oder was sonst der Grund war, warum er sich so verhielt, wie er sich ihr gegenüber verhielt.

Und Helen hatte nie gelernt, ihrem Mann zu sagen, dass sie nicht befriedigt war, dass sie mehr wollte, dass sie sich nach einem Orgasmus verzehrte. Dass ihr Körper ihn verlangte und dieses Verlangen sie nicht mehr zur Ruhe kommen ließ. Dass sie fast verbrannte vor Lust.

Niemals hätte sie ihm das so sagen können!

Selbstverständlich hatte ihre Mutter nicht selbst gekocht, sondern Helga. Helga war seit Jahrzehnten als Köchin bei ihrer Mutter angestellt. Außer Helga gab es noch zwei weitere Dienstboten, die das Haus versorgten. Ihre Mutter hatte zunächst darauf bestanden, dass Helen zwei Dienstboten einstellte, doch da hatte sich Helen das erste Mal erfolgreich gegen ihre Mutter durchgesetzt.

»Was soll ich denn den ganzen Tag zu Hause machen?«, hatte sie ihr erklärt. »Ich kann ruhig selbst kochen. Ich koche nämlich gern.«

»Und gut«, bestätigte Dennis ihre Aussage. Helen freute sich über das Lob ihres Mannes.

Sie hätte gern weiter in der Firma ihres Vaters gearbeitet, aber dadurch, dass Dennis ihren Job übernommen hatte, war sie überflüssig geworden.

»Meine Frau muss nicht arbeiten«, hatte Dennis erklärt.

Und so kam es, dass sie den ganzen Tag zu Hause verbrachte. Zwar las sie viel und verbrachte auch viel Zeit mit ihrer Freundin Laura, aber Erfüllung brachte es ihr nicht.

»Vielleicht kommen ja auch bald Enkelkinder. Dann hat sie genug Beschäftigung«, hatte ihr Vater zuversichtlich diese Diskussion beendet.

Doch auch jetzt, drei Jahre nach der Eheschließung und trotz aller diesbezüglichen Anstrengungen von Dennis, hatte es bis jetzt noch nicht mit einer Schwangerschaft geklappt.

Helen dachte ab und zu daran, sich von einem Frauenarzt mal gründlich untersuchen zu lassen. Vielleicht lag es ja an ihr, dass sie nicht schwanger wurde? Denn Verhütung betrieben Dennis und sie nicht.

***

Als sie am späten Abend nach Hause fuhren, legte sie vorsichtig ihre Hand auf die Schenkel von Dennis und fing an, ihn dort zärtlich durch seine Hose zu streicheln. Verwundert sah er zu ihr hinüber. Das hatte sie noch nie getan. Es erregte ihn und er gab ein wenig mehr Gas, um schneller zu Hause zu sein. Liebend gern hätte er sie einmal in seine Arme gerissen und leidenschaftlich geküsst. Zu gern hätte er auch mehr Leidenschaft im Bett an den Tag gelegt, aber er traute sich nicht. Hätte Helen gewusst, wie es in ihm aussähe, wäre sie wohl nicht so zurückhaltend geblieben.

Was sie nicht wusste, war, dass ihr Vater am Tage der Hochzeit Dennis in einen separaten Raum geführt hatte, um mit ihm ein sogenanntes »Männergespräch« zu führen. In diesem absurden Gespräch musste Dennis seinem Schwiegervater versprechen, seine Tochter stets als Dame zu behandeln.

»In allen Lebenslagen«, wie der Vater ausdrücklich betonte.

Für das Andere, das Schmutzige, standen schließlich käufliche Frauen zur Verfügung. Und Dennis hatte ihrem Vater in die Hand versprochen, es niemals zu vergessen. Daraufhin hatte er sich eine Freundin gesucht, die die Dinge mit ihm trieb, die er, laut seinem Schwiegervater, dessen Tochter niemals zumuten konnte und durfte.

***

Zu Hause angekommen, gingen beide unter die Dusche, aber nicht zusammen. Das schickte sich nicht, so hatte ihre Mutter es Helen wieder und wieder gesagt. Erst duschte Dennis und anschließend Helen. Dennis wartete schon auf sie, als sie ins Bett stieg.

»Warum nehmt ihr nicht zwei separate Betten?«, hatte Helens Mutter erstaunt und verärgert gefragt, als sie das Schlafzimmer das erste Mal inspizierte.

Helen hatte nur darauf gewartet, dass sie sagen würde: »Das schickt sich nicht.«

Aber Helen hatte die Mutter so perplex angestarrt, dass diese nicht weiter gesprochen hatte.

Helen kuschelte sich an ihren Mann, und wie so viele Male zuvor, schaltete er erst die Nachttischlampe aus, bevor er ihr Nachthemd hochschob und sofort und ohne Vorspiel zwischen ihre leicht gespreizten Beine glitt. Wie von selbst fand sein Penis die kleine dunkle Öffnung dazwischen, und Dennis tat das, was er immer tat. Zuckte ein paar Mal in ihr hin und her, um dann leicht aufzustöhnen und seinen Samen in sie hineinzuejakulieren.

Kaum hatte er seinen Hodensack durch seinen Penis in ihr entleert, küsste er sie kurz auf ihre Lippen, rollte sich auf seine Seite des Bettes und wünschte ihr eine gute Nacht.

Zurück blieb Helen, die schreien wollte, vor Gier nach einem Orgasmus. Unerfüllt, unruhig und völlig erregt lag sie neben ihm, der schon kurz danach durch leichte Schnarchtöne erkennen ließ, dass er eingeschlafen war.

So geht es nicht weiter, so kann es nicht weitergehen!, hätte Helen am liebsten hinausgeschrien.

Sie dachte an Tom, an seine Wildheit, seine Unbekümmertheit in Sachen Sex. Sie dachte aber auch an ihre Verklemmtheit und fragte sich, ob sie ihre Scheu und ihren Ekel je vor dem Unbekannten würde überwinden können. Ihre Erregung wuchs mit jeder Minute, in der sie an die Vorkommnisse in dem kleinen Häuschen in der Schrebergartenkolonie dachte. Helen konnte nicht mehr ruhig liegen bleiben, das Gefühl in ihrer Klitoris brachte sie fast um ihren Verstand. So lief sie Stunde um Stunde von einem Zimmer in das andere, um Ruhe zu finden, endlich Ruhe. Aber es gelang ihr nicht.

Nach einigen Stunden fiel Helen in einen unruhigen Schlaf, in dem sie träumte, dass sie in den Armen von Tom ihren ersten Orgasmus erlebte. Doch genau in dem Moment, in dem es in ihrem Traum soweit war, wachte sie schweißgebadet auf.

***

Nachdem Dennis am nächsten Morgen das Haus verlassen hatte, um wie immer zur Arbeit zu fahren, rief Helen Laura an und sagte ihr Treffen zum Badmintonspielen ab.

»Ich habe furchtbare Kopfschmerzen, ich kann nicht kommen, sei mir bitte nicht böse.«

»Soll ich zu dir kommen? Kann ich dir irgendwie helfen?«

»Danke, Laura, das ist so lieb von dir. Aber ich will einfach nur Ruhe. Nicht böse sein.«

»Nein, Helen, ist schon gut. Ich rufe dich dann heute Nachmittag noch einmal an, um zu sehen, wie es dir geht. In Ordnung?«

»Danke, Laura, du bist wirklich ein Schatz.«

Kaum hatte sie das Telefonat mit Laura beendet, duschte Helen und zog sich ein leichtes Sommerkleid an. Es war immer noch heiß draußen und an diesem Tag extrem schwül.

Als sie ihr Höschen anzog, erinnerte sie sich an Toms Worte: »Morgen ziehst du kein Höschen an, wenn du zu mir kommst.«

Woher hatte er gewusst, dass sie wiederkommen würde? Sofort ließ sie das Höschen fallen, zog leichte Sandaletten an, rannte in die Garage, und verließ mit durchdrehenden Reifen das Grundstück.

Kapitel 4

Helen parkte ihren Wagen auf dem gleichen Parkplatz wie am Tag zuvor und lief auf den letzten der Schrebergärten zu. Erst kurz davor verlangsamte sie ihren Schritt und versuchte, ihren Atem zu kontrollieren.

»Du kommst spät.«

Tom stand am Gartentor, so, als ob er nur auf sie gewartet hätte. Helen errötete, denn sie sah, dass er nackt war. Sein steifer Schwanz stand fast steil nach oben und sein Hodensack schien noch geschwollener als gestern. Sie musste ein paar Mal nach Luft schnappen.

»Möchtest du zu mir?« Etwas sarkastisch klang Toms Stimme, als er das Gartentor öffnete und sie mit einer Handbewegung hineinwinkte.

Helen wusste nicht, wie sie sich verhalten sollte. Am liebsten hätte sie ihre Arme um ihn gelegt und sich an ihn geschmiegt. Aber er war heute so seltsam.

Langsam, Schritt für Schritt, gingen sie auf das kleine Häuschen zu, als er sie von hinten umfasste. Sein Atem ging heftig und stoßweise, als seine Hand sich unter ihr Kleid und zwischen ihre Beine schob.

»Das gefällt mir, du trägst kein Höschen. Bist ein braves Mädchen.«

Er drehte sie zu sich herum und half ihr aus ihrem Kleid.

Helen wollte weitergehen, in die schützende Behausung, in das kleine Häuschen, aber Tom hielt sie fest.

Brutal presste er seine Lippen auf ihre, und seine Zunge bohrte sich zwischen ihre Zähne. Seine linke Hand hielt sie fest umschlungen, während seine rechte Hand ihre Beine auseinanderdrückte. Ohne Vorwarnung stieß er seinen Mittelfinger tief in ihre Vagina.

Helen schrie auf. Nicht vor Schmerz, denn er tat ihr nicht weh, es war eher das Unerwartete, das sie aufschreien ließ.

»Ach«, stöhnte er laut in ihren Mund, »deine Fotze, so feucht, ah …«

Helen erschauderte. *Fotze*. Solche Wörter benutzte sie nie, aber auf einmal fand sie dieses Wort angebracht. Schließlich war sie gerade dabei, etwas in ihren Augen »Schmutziges« zu tun, daher war es in Ordnung, auch schmutzige Wörter dafür zu benutzen.

Ihre Gedanken wurden unterbrochen, als er sie rücklings auf den Boden legte, mitten auf den Rasen vor dem kleinen Häuschen. Dass Leute, die eventuell am Garten vorbeispazierten, sie beobachten könnten, interessierte die beiden im Moment nicht. Nur ihr Verlangen nach sexueller Erfüllung zählte in diesem Moment.

Gierig saugte er an ihren Brustwarzen, zog sie mit seinen Lippen in die Länge und biss zärtlich in sie hinein.

Helen stöhnte, und ihr Körper bäumte sich auf. Ihr Unterleib hob sich ihm entgegen. Erst als er sich zwischen ihre Beine kniete und sie anhob, überfiel sie wieder dieses unsägliche Schamgefühl und ihre Hände legten sich schützend vor ihre Vagina.

Aber nur für einen kurzen Moment, denn Tom fasste sie und legte sie bestimmt auf die Seite.

»Heb deine Beine an deine Brust.«

Helen wäre es lieber gewesen, wenn er selbst ihre Beine an sie gedrückt hätte. So musste sie sich und ihr ungeheures Schamgefühl überwinden und sich ihm selbst darbieten. Sich ihm öffnen, indem sie ihre Beine nahm und nach oben hob. Ihre Hände legte sie unter die Kniekehlen und spreizte die Beine dann so weit, wie es ihr nur irgend möglich war.

Tom kniete dazwischen und beobachtete sie genau.

Wieder überzog Helens Körper eine Gänsehaut. Dieses Gefühl aus Scham und purer Lust überwältigte sie. Ihr Atem ging keuchend und ihr Puls raste.

»Gut, Helen«, keuchte er, »lass deine Beine los und leg sie wieder neben dich.« Sein Atem ging heftiger. »Du hast eine wunderschöne Fotze.«

Wie am Tag zuvor, kniete er sich wieder über ihr Gesicht, genau so, dass sein Schwanz direkt über ihrem Mund hing. Er blickte ihr tief in ihre Augen und fing an, vor ihrem Gesicht seinen Schwanz zu massieren. Langsam schob er seine Vorhaut vor und zurück und beobachtete Helen dabei.

Sie sah, wie seine gewaltige Eichel noch mehr anschwoll, immer mehr, und hörte, wie Tom aufstöhnte.

»Leck ihn, Helen, leck seine Eichel. Steck deine Zunge in die kleine Spalte, leck sie aus, bitte Helen, mach schnell.«

Die Erregtheit von ihm steckte Helen an. Sie vergaß ihren Ekel und ihre Bedenken und fuhr vorsichtig mit der Spitze ihrer Zunge in die kleine Spalte, ganz oben an der Eichel von Toms Schwanz. Sie schmeckte eine leicht salzige Flüssigkeit, und da Tom jetzt ihren Kopf gegen seinen Schwanz drückte, musste sie diese Flüssigkeit wohl oder übel in ihren Mund aufnehmen und hinunterschlucken. Dann drückte er ihr seine Eichel ganz in den Mund.

»Leck sie, Helen, massier sie mit deiner Zunge, trink meine kleinen Tröpfchen.«

Sie spürte, wie die Eichel in ihrem Mund dick und immer dicker anschwoll und die salzige Flüssigkeit, die aus der kleinen Spalte auf ihre Zunge tropfte, immer mehr wurde. Als sie aufblickte, bemerkte sie, wie sich die Augen von Tom verdrehten und sein Keuchen heftiger wurde. Er rieb die Vorhaut an seinem Schwanz auf und ab, während sie die Eichel in ihrem Mund saugte und immer wieder mit ihrer Zunge in der kleinen Spalte versank und neuen salzigen Nektar aus ihr herausholte.

»Lutsch ihn, komm, saug ihn fester, mach fester, saug ihn leer. Hol dir alles aus ihm heraus.«

Jetzt stieß Tom seinen Schwanz so tief es ging in ihren Mund, bis es sie würgte, doch plötzlich hielt er inne. »Hast du schon einmal einen Schwanz leergesaugt?«

Helen schüttelte den Kopf und rang nach Luft.

»Dann pass jetzt auf, gleich wird er spritzen. Alles, was sich in den letzten Monaten in meinen Eiern angesammelt hat, werde ich dir jetzt in deinen Mund spritzen, und du wirst alles schlucken. Alles, hörst du mich?«

Helen konnte ihn nur entsetzt anschauen, während sein Schwanz in ihrem Mund erneut zu tanzen anfing. Er beugte sich zu ihr hinunter, legte beide Hände um ihren Kopf und hielt ihn fest, sodass sie ihn nicht mehr bewegen konnte. Dann rammte er mit voller Wucht noch drei Stöße in ihren Mund, und mit einem lauten, langanhaltenden Stöhnen entlud er den Inhalt seiner Eier durch seinen Schwanz und das kleine Loch in dem Schlitz seiner Eichel tief in ihren Rachen.

Auf diese Menge war Helen nicht vorbereitet. Sie schluckte und schluckte und schluckte ...

Ihre Augen quollen ihr fast aus dem Kopf, und sie versuchte vergebens, ihren Kopf auf die Seite zu drehen, um so seinen Schwanz, dieses Sperma-speiende Ungetüm, aus ihrem Mund zu entfernen, aber Toms Hände hielten sie fest. Er schaute in ihre weit aufgerissenen Augen und stieß ein letztes Mal zu. Dann warf er den Kopf in den Nacken und stieß einen lauten Schrei aus, der nicht aufhören wollte. Mit diesem Schrei entlud sich seine letzte Ladung in ihren Mund.

Er ließ ihr Zeit, auch diesen letzten Rest zu schlucken.

»Jetzt leck ihn sauber. So sauber, bis kein noch so kleines Spermateilchen mehr an ihm klebt.«

Und sie tat genau, was er ihr befohlen hatte. Nachdem sie den letzten zähflüssigen, salzigen Schwall, den er ihr bis in den Schlund gespritzt hatte, hinuntergewürgt hatte, erlaubte er ihr, seinen Schwanz aus ihrem Mund zu nehmen. Vorsichtig leckte sie ihm seine nun langsam erschlaffende Eichel ab.

»Auch unter der Vorhaut, das ist wichtig!« Seine Stimme war jetzt wieder die alte, nicht mehr erregt, aber immer noch sehr erregend für Helen.

Er hielt seinen Schwanz vor ihren Mund, während sie vorsichtig seine Vorhaut zurückschob und ihn mit ihrer Zunge sauberleckte. Dabei schaute er ihr direkt in ihre Augen.

»Du bist gut«, meinte er anerkennend. »Das war bestimmt nicht das erste Mal, dass du einen Schwanz in deinem Mund hattest, oder?«

»Doch, es war das erste Mal.«

Tom stieß einen lauten Pfiff aus. »Donnerwetter! Dann bist du ja ein Naturtalent. Das verdient eine Belohnung.« Er nahm sie auf seine Arme und trug sie in das Häuschen, legte sie auf die Bettcouch und zog die Gardinen auf, um soviel Helligkeit wie möglich in den Raum eindringen zu lassen.

Nachdem er sich vor ihren Augen davon überzeugt hatte, dass sie seinen Schwanz saubergeleckt hatte, hob er ihre Beine wieder an und legte sie über ihren Kopf. Seine linke Hand hielt sie dort fest, während seine rechte Hand ihr ein Kissen unter den Hintern schob.

»So gefällst du mir, jetzt kann ich all deine Löcher sehen und entscheiden, welches ich zuerst verwöhne.«

»Was meinst du damit?«

Helen war erregt und beschämt zugleich.

»Nun, ich meine deine Fotze und dein Arschloch, was sonst?« Irritiert sah Tom auf Helen herab. »Hast du dich noch nie in den Arsch ficken lassen?«

Helen schüttelte den Kopf, aber sie konnte nicht verhindern, dass ihre Erregung stieg. Selbst die Worte, die er benutzte und die sie früher abschreckten und von denen sie dachte, sie nie zu benutzen, erregten jetzt ihren Körper.

»Halt deine Beine einen kleinen Moment fest, ich habe etwas für dich konstruiert.«

Tom griff über ihren Kopf hinweg, nahm einige Bänder, die am Kopfende der Couch lagen und zog sie nach vorn. Dann band er erst eines der Bänder um den linken Fuß von Helen und spreizte ihr Bein so weit, wie er nur konnte, nach außen, zog das Band anschließend nach hinten und wickelte es um einen Haken in der Wand am Kopfende der Couch. Dasselbe tat er mit ihrem rechten Bein. Nun lag sie mit weit gespreizten Beinen auf dem Kissen und musste sich nicht mehr anstrengen. So war sie ihm aber auch ausgeliefert, da sie nicht einfach ihre Beine herunterlassen konnte. Das konnte nur Tom. Aber dieses Ausgeliefertsein erregte Helen nur noch mehr.

»Lockere dich, Helen. Sei ganz entspannt. Umso schöner wird es für dich.«

Helen tat, was er verlangte. Zwischen ihren Beinen hindurch konnte sie beobachten, wie er langsam ihre dicken Schamlippen auseinanderzog, ganz weit. Ihr Körper fing an zu zittern und sie spürte, wie seine Zunge an den Innenseiten ihrer Schamlippen entlangwanderte und sie dabei kräftig massierte. Gut, dass ihre Beine festgebunden waren, sie hätte ihre Beine bestimmt losgelassen, als er an ihrem Kitzler haltmachte.

»Gefällt dir das oder soll ich damit aufhören?«

»Nein, nein …«, stammelte Helen. »Bitte nicht aufhören, mach weiter. Genau da, wo du jetzt bist. Dort juckt es mich immer und es kribbelt so, dass ich fast verrückt werde. Ich hatte noch nie einen Orgasmus, bitte, hilf mir, Tom, bitte.«

»Du hattest noch nie einen Orgasmus?« Tom hob seinen Kopf und schaute sie entgeistert an.

»Nein, noch nie. Bitte, bitte hör jetzt nicht auf, bitte mach weiter. Ich spüre, ich explodiere gleich, aber du musst unbedingt weitermachen, bitte! Ich halte es einfach nicht mehr aus!«

***

Vorsichtig legte Tom seinen Zeigefinger und seinen Mittelfinger entlang des Kitzlers. Er spürte, wie dieser klopfte und zwischen seinen Fingern anschwoll. Langsam massierte er die Wurzel des Kitzlers und wusste, es würde nicht mehr lange dauern, bis dieser seine Ejakulation haben würde. Er liebte den Geschmack des Saftes, der gleich aus ihm heraus spritzen würde.

Schade, dass Frauen nicht so viel spritzten wie Männer, denn er konnte nie genug davon bekommen, dachte er, während seine Finger ihren Kitzler langsam etwas härter und schneller massierten.

Ein lautes Stöhnen von Helen unterbrach seine Gedanken. Seine Finger rieben jetzt noch schneller und noch intensiver entlang des Kitzlers. Dann sah er, wie sich die Augen von Helen verdunkelten, ihr Körper sich nach oben bog, sie erst langsamer atmete, dann stockend und dann ganz mit dem Atmen aufhörte, so, als ob sie auf etwas wartete, um endlich mit einem nicht enden wollenden Schrei ihren ersten Orgasmus zu verkünden. Sofort beugte er sich tief hinunter und saugte mit seinen Lippen die kostbare Flüssigkeit auf, die aus ihrem Kitzler strömte. Ihr ganzer Körper war gespannt und ihre Hände krallten sich so fest in das Bettlaken, dass ihre Knöchel weiß hervortraten.

Dann spürte Tom, wie sich Helens ganzer Körper entspannte. Vorsichtig ließ er ihren Kitzler los und legte sich neben sie.

»Ist alles in Ordnung mit dir?«

***

Helen konnte nur nicken. Das war also ein Orgasmus! Dieses wunderbare Gefühl, das sich langsam an der Wurzel ihres Kitzlers aufgebaut hatte und durch ihn hindurch bis ganz obenhin wanderte, um sich dann in einer gewaltigen Explosion aus der Spitze heraus zu entladen?

Ein wunderbares Gefühl, ein Gefühl, das sie von nun an nicht mehr missen wollte.

Doch kaum hatte Helen diesen Orgasmus überstanden, regte sich ihr Kitzler von neuem. Er wollte gleich noch einmal diese Explosion erleben. Unruhig rutschte Helen hin und her. Ihre Finger glitten vorsichtig an ihrem Körper hinunter, bis sie die Stelle zwischen ihren großen Schamlippen erreicht hatte, die ihr soeben den ersten Orgasmus verschafft hatte. Nachdem sie gesehen und gespürt hatte, wie

Tom ihr zu ihrem ersten Orgasmus verholfen hatte, wollte sie selbst ausprobieren, ob es auch bei ihr klappen würde.

Tom hatte wohl bemerkt, dass Helen unruhig geworden war, denn er sagte: »Solange du hier bei mir bist, werde ich dich verwöhnen. Wenn du wieder allein bist, kannst du es dir ja selbst machen.«

»Mein Körper will mehr«, stöhnte Helen gepresst. »Bitte, er will noch einmal explodieren.«

»Habe ich ihn aufgeweckt? Habe ich ihn aus seinem Dornröschenschlaf befreit?«

Helen konnte nur noch nicken. Die Erregung, die sie erneut befallen hatte, war zu stark.

»Bitte, bitte, erlöse ihn, bitte Tom.«

»Du gefällst mir, Helen, deine Fotze gefällt mir, alles gefällt mir an dir.«

»Bitte Tom, bitte, gib mir noch einen Orgasmus. Ich halte es nicht mehr aus!«

***

Tom, im Umgang mit Frauen sehr bewandert, wusste, mit dieser Frau konnte er vieles erleben. Er musste nur vorsichtig zu Werke gehen. Und immer, wenn er sie bis kurz vor den ersehnten Orgasmus gebracht hatte, würde sie alles für ihn tun. Aber er musste ihr Zeit geben, sonst würde er sie vielleicht verschrecken und das genaue Gegenteil erreichen.

»Tom, hör auf, mich so anzustarren. Du machst mir ja Angst.«

»Ich habe nur gerade deinen wunderschönen Körper betrachtet. Deine Schamlippen sind ganz dick geschwollen und wölben sich nach außen. Sie sind rosarot, wenn sie sich von innen zeigen.«

Dabei stöhnte Tom auf. Dieser Anblick erregte ihn. »Ich werde deine Schamlippen etwas massieren.«

Er kniete sich vor sie. Vorsichtig nahm er diese Lippen zwischen seine Finger und fing an, sie langsam und behutsam hin und her zu rollen.

»Meinen Kitzler, Tom. Bitte saug an meinem Kitzler. So, wie du es eben gemacht hast, bitte Tom, bitte.« Sie presste seinen Kopf mit ihren Händen fest zwischen ihre Schamlippen und schrie ihre Erregung laut hinaus.

Er könnte jetzt alles von ihr bekommen, und sein Schwanz wurde bei dem Gedanken hart. Seine Eichel schwoll erneut an, und auch Tom wollte nun, dass Helen ihm zu einem Orgasmus verhalf. Langsam hob er seinen Kopf zwischen ihren Beinen hervor und nahm ihre Hände von ihm.

»Tom, was machst du da? Bitte Tom, bitte. Mein Kitzler will wieder spritzen. Er platzt gleich. Hilf ihm.«

»Mach ich ja, mach ich ja, meine kleine Stute, nicht so ungeduldig. Jetzt binde ich erst mal deine Beine wieder los und lege sie neben dich, so, ja, das ist gut.«

Helens Körper zitterte und sie weinte fast.

Langsam kniete sich Tom über Helens Gesicht, während sich sein Kopf zwischen ihre Beine drängte.

»Mach ein wenig Platz, Helen. Spreiz sie, ja, so ist es gut.«

Seine Finger fingen wieder an, mit ihren dicken Schamlippen zu spielen und sie weit auseinanderzuziehen, während sich sein Körper tiefer über ihr Gesicht beugte, bis sein Schwanz direkt über ihrem Mund war.

»Jetzt bist du wieder an der Reihe, mir einen Orgasmus zu verschaffen. Lutsch ihn, Helen, saug ihn so fest, dass er dir seine Ladung noch einmal in den Mund spritzt.«

Und Helen tat, wie er es ihr gesagt hatte. Während Tom

an ihren dicken äußeren Schamlippen lutschte, nahm sie seine Eichel in den Mund, stieß ihre Zunge in die kleine Spalte an der Spitze seiner dicken Eichel und saugte die ersten Tropfen, die sich mittlerweile dort gebildet hatten, tief in ihren Mund. Es schmeckte nicht mehr so salzig wie beim ersten Mal.

»Tom, meinen Kitzler, bitte Tom, nimm meinen Kitzler.«

»Wenn du meinen Schwanz noch einmal aus dem Mund nimmst, höre ich sofort mit allem auf!«

***

Helen beeilte sich, seine Eichel sofort wieder in ihrem Mund aufzunehmen und noch kräftiger daran zu saugen. Mit ihren Händen zog sie seine Vorhaut vor und zurück, so, wie sie es bereits bei ihm beobachtet hatte. Ein lautes Stöhnen von Tom war der Dank. Je heftiger sie nun seinen Schwanz rieb und an seiner Eichel lutschte, umso kräftiger massierten seine Finger ihren Kitzler und die umgebenden Hautpartien.

Helen stöhnte in seine Eichel. Fast vergaß sie, weiter zu machen, doch bevor er wieder ärgerlich werden konnte, hatte sie sich, seine Eichel und den Rest seines Schwanzes wieder im Griff.

Jetzt war es Tom, der sich nicht mehr zurückhalten konnte. Für einen Moment ließ er ihren Kitzler außer Acht.

»Schneller, Helen, reib ihn schneller. Greif fester zu, mach schon, Helen. Nicht mit dem Saugen aufhören, fester, ja genau, noch fester reiben, schneller, Helen, schneller. Wichs ihn, wichs meinen Schwanz!«

Zusammen mit seinem Urschrei entlud sich sein Schwanz ein zweites Mal in ihren Mund, und Helen hatte wieder Mühe, den Brei, obwohl er jetzt nicht so salzig schmeckte, wie beim ersten Mal, völlig hinunterzuschlucken.

Als sie dabei war, seine Eichel von den letzten Resten seines Spermas durch ihre eifrige Zunge zu befreien, machte sich ihr Kitzler erneut energisch bemerkbar.

»Gib mir meinen Orgasmus, Tom, bitte. Du hast es mir versprochen«, keuchte sie unter ihm.

Tom war über ihr zusammengebrochen, und langsam wurde sein heftiger Atem wieder etwas regelmäßiger.

»Ja, natürlich Helen. Du hast es dir verdient. Du bist wirklich gut, weißt du das?« Er drehte sich um und schaute ihr tief in ihre Augen.

Helen schüttelte den Kopf. »Bitte, Tom, ich halt es nicht mehr aus. Bitte erlöse meinen Kitzler.«

***

Tom drehte sich herum und beugte sich über sie, nahm ihre linke Brustwarze in seinen Mund, saugte daran, um anschließend mit seinen Zähnen daran zu knabbern.

Das tat er so heftig, dass Helen aufschrie. »Du tust mir weh, Tom! Bitte, bitte, massier meinen Kitzler.«

Tom, der ausprobieren wollte, wie viel Schmerz sie aushalten konnte, war etwas enttäuscht. Er hatte noch andere Spielchen mit ihr vor und wollte jetzt testen, wie weit er gehen konnte.

»Es tut mir leid, meine kleine Helen, ich wollte dir nicht wehtun. Ich dachte, es würde dir gefallen.«

Aber Tom gab nicht so schnell auf.

Er wandte sich wieder ihrem Kitzler zu. Langsam drückte er ihre Beine auseinander, die sie, während sie sein Sperma schluckte, eng aneinandergepresst hatte, und kniete sich dazwischen. Seine Finger schoben ihre dicken, fett angeschwollenen Schamlippen auseinander und seine Zunge zwängte sich zwischen die innenliegenden kleinen Schamlippen. Ein Stöhnen aus Helens Mund zeigte ihm, dass es genau das war, was sie jetzt brauchte. Schneller und heftiger bewegte er seine Zunge bis hin zu ihrem Kitzler, der sich zwischenzeitlich wieder dick aufgepumpt hatte.

Aus ihrer Fotze kam ein Duft, der ihm den Atem raubte. Am liebsten hätte er jetzt seine Zunge dort hineingestoßen, aber das wollte er sich für das nächste Mal aufheben. Er war sich sicher, sie würde wiederkommen.

»Tom, oh Tom«, stöhnte Helen laut auf. »Mach fester, bitte reib ihn schneller!«

Und Tom nahm ihn wieder zwischen seine Finger und massierte ihn und seine Wurzel. Immer schneller und härter rieb er den Kitzler. Ihr Körper spannte sich, krümmte sich zu einem Bogen, ihre Finger krallten sich erneut in die Bettdecke, bis ihre Knöchel weiß wurden. Ihr Atem wurde flacher, stockender, hörte auf, bis Helen explodierte.

»Tom!«, schrie sie. »Tom, oh Tom!«

Er leckte die kostbaren Tropfen, die aus dem Kitzler herausspritzten, auf. Er saugte so lange, bis er ihn komplett entleert hatte.

Ihr Körper entspannte sich langsam, wurde ruhiger. Fiel in sich zusammen. Ihre Finger ließen die Bettdecke los und ihr Atem wurde ruhiger. Ein Lächeln lag auf ihrem Gesicht.

»Das war noch besser als beim ersten Mal. Oh Tom, du bist toll. Das war wunderbar, das war einfach wunderbar!«

Sie streckte die Arme nach ihm aus und er legte sich vorsichtig auf ihren Körper. Sein Kopf lag neben ihrem Kopf und sie streichelte seinen Rücken. So lagen sie eine ganze Weile, bis Helen leise flüsterte: »Darf ich wiederkommen?«

Erstaunt hob er den Kopf und sah sie an. »Selbstverständlich! Das erwarte ich sogar von dir. Ich wäre sehr enttäuscht, wenn es bei diesem ersten Mal bleiben würde.«

»Schon morgen?«

»Wann immer du willst. Ich bin hier und werde auf dich warten.«

***

Es verging noch einige Zeit, in der sie einfach nur nebeneinander lagen und nichts sagten und taten. Dann stand Helen auf und zog sich schnell an. Ihre Leidenschaft war gestillt, und nun schämte sie sich wieder vor ihm. Wollte schnell ihre Blöße bedecken.

Ein amüsiertes Lächeln huschte über Toms Gesicht.

»Bis morgen dann«, flüsterte sie.

Unsicher stand sie vor der Couch, auf der er immer noch splitternackt lag. Er schämte sich nicht, seine Nacktheit vor ihr zu zeigen. »Gut, bis morgen. Ich freue mich schon jetzt darauf, denn ich werde dir einen neuen Orgasmus zeigen.«

»Einen neuen Orgasmus?« Fragend und ungläubig starrte sie ihn an.

Sein Körper reagierte sofort mit Erregung, was an seinem Schwanz zu erkennen war. Er stand wieder. Helen schaute irritiert auf ihn herab.

»Er muss zur Toilette. Dann wird er auch immer steif«, beruhigte Tom sie.

»Ach so«, stammelte Helen.

Dann lief sie schnell aus der kleinen Holzhütte und winkte ihm noch einmal zu. Als sie die kleine Pforte am Gartenzaun hinter sich schloss und sich noch einmal umdrehte, sah sie seine Gestalt. Splitternackt mit einem großen, wasserharten

Penis, stand er vor dem kleinen Häuschen und winkte ihr noch einmal zu. Dann drehte er sich um und verschwand darin.

Was für ein starker Mann, was für ein süßer Hintern!, dachte Helen und ging langsam zurück zu ihrem Auto.

Ihr Körper hatte endlich Ruhe gefunden und auch die Entspannung, auf die sie so viele lange Jahre gewartet hatte.

KAPITEL 5

Die Fahrt nach Hause verlief ruhig. Helens Körper war seltsam entspannt. Sie spürte eine tiefe Gelassenheit und fühlte sich so wohl, wie seit Jahren nicht mehr. Je größer die Distanz zu Tom wurde, desto mehr sehnte sie sich nach ihm und seinem Körper. Am liebsten hätte sie kehrtgemacht und wäre wieder zu ihm gefahren. Zu ihm, seinen starken Armen, seinem steifen Schwanz und seinen wissenden Fingern. Im Mund verspürte sie noch den leicht salzigen Geschmack seines Spermas, das sie so fleißig geschluckt hatte.

Ob ihre Mutter das auch bei ihrem Vater tat?

Nein, bloß nicht an so etwas denken! Das tat ihre Mutter bestimmt nicht!

Ob ihr Vater es sich bei anderen Frauen holte? Nein, auch diesen Gedanken verwarf sie.

Aber was war mit Dennis? War er mit dem zufrieden, was sie beide im Bett verband? Oder holte er es sich bei einer anderen Frau? Warum schlief er so oft im Club? Schlief er wirklich im Club …?

Während der Fahrt nach Hause wirbelten tausende von Gedanken durch Helens Kopf, aber sie wollte jetzt nicht an so etwas denken. Lieber hing sie in Gedanken den vergangenen Stunden nach. Glaubte, Toms Lippen noch immer an ihrem Kitzler zu spüren. Und schon erzitterte ihr Körper.

Was hatte dieser Mann mit ihr getan?

Er hatte sie endlich aufgeweckt und zu einer richtigen Frau gemacht.

Helen genoss das Gefühl, das sich langsam in ihrem ganzen Körper verteilte. Ein wohlig warmes Gefühl.

Morgen sehe ich ihn wieder, morgen bekomme ich einen neuen Orgasmus. Wie der wohl sein wird? Genauso intensiv wie die beiden, die ich heute genossen habe?, fragte sie sich.

Tom hatte nur Andeutungen gemacht, und Helen konnte es kaum erwarten, bis sie wieder zu ihm fahren konnte.

***

Wieder zu Hause, legte sie sich auf ihren Diwan im gemeinsamen Schlafzimmer, schloss die Augen und ließ die vergangenen Stunden Revue passieren. Ihr Körper reagierte. Er spannte sich in den Momenten an, als sie an den Orgasmus dachte. Ganz steif waren ihre Brustwarzen. Das erste Mal in ihrem Leben fühlte sich Helen als richtige Frau.

Aber wie nur sollte sie ihrem Mann gegenübertreten? Konnte sie verbergen, dass etwas ganz Entscheidendes in ihrem Leben passiert war?

Doch er würde erst morgen Abend wieder nach Hause kommen, bis dahin, so glaubte Helen fest, würde sie sich und ihren Körper wieder unter Kontrolle haben.

Ihre Zunge fuhr über ihre Lippen, und es war, als ob sie den Geschmack von Toms Sperma wieder schmecken würde. Etwas salzig und sehr zähfließend war es ihren Rachen hinuntergelaufen. Sie hatte mehrfach schlucken müssen, um alles in sich aufzunehmen.

Helen musste aufhören, ihren Gedanken nachzuhängen, denn ihr Kitzler begann, sich erneut bemerkbar zu machen.

Schnell stand sie auf und kochte sich eine Tasse Kaffee. Während sie langsam Schluck für Schluck trank, klingelte das Telefon. Es war ihre engste und beste Freundin Laura.

»Geht es dir wieder besser? Sind deine Kopfschmerzen weg?«

»Ja, danke Laura.«

»Hast du Lust, morgen mit mir shoppen zu gehen?«, fragte Laura fröhlich. »Mir war heute so langweilig, und da dachte ich, dass wir beide ein wenig Geld ausgeben könnten.«

»Morgen geht es nicht. Außerdem habe ich keine große Lust, bei dieser Hitze durch die Geschäfte und vor allen Dingen durch die stickige Stadt zu laufen. Zumal es morgen noch heißer werden soll.«

Das war total erlogen, aber Helen fiel im Moment keine andere Ausrede ein.

»Und wie wär's mit übermorgen?« Sie es nicht gewohnt, dass Helen eine Shoppingtour absagte.

»Ich kann es dir noch nicht versprechen, Laura. Lass uns übermorgen früh noch einmal telefonieren, okay?«

Helen wurde plötzlich bewusst, dass sie eigentlich immer unter Kontrolle stand. Entweder rief ihr Vater an und machte einen Termin für den nächsten Tag oder ihre Mutter stand plötzlich vor der Tür, um sie zu besuchen. Auch Laura war es gewohnt, dass Helen zu jeder Zeit bereit war, etwas mit ihr zu unternehmen.

Helen hatte nur für ihren Mann da zu sein. Einen Mann, der die meiste Zeit außer Haus verbrachte. Und diese Helen hatte plötzlich keine Zeit mehr für ihre beste Freundin!

»Was hast du denn so Dringendes vor? Kannst du es nicht auf später verschieben?«, fragte Laura etwas genervt.

»Nein, tut mir leid. Aber vielleicht können wir ja morgen am spaten Nachmittag wieder miteinander telefonieren.

Dann machen wir einen Termin für den folgenden Tag aus, wie wäre das?«

»Na ja, gut, wenn du meinst ...« Laura klang eingeschnappt.

»Also, bis morgen Nachmittag. Ich ruf dich an«, rief Helen ins Telefon und legte schnell auf, bevor Laura sie weiter ausfragen konnte. Nein, niemand würde ihr den Besuch bei Tom am morgigen Tag vereiteln!

Vielleicht will Tom ja auch, dass ich den übernächsten Tag bei ihm verbringe?

Helen, sonst immer diejenige, die man umherschubste, fing auf einmal an, für sich zu kämpfen. Eine ganz andere Helen, die sich in ihrer neuen Rolle sehr wohl fühlte.

***

Zu ihrer großen Überraschung kam Dennis jedoch schon am Abend nach Hause.

»Was ist los? Ich dachte, ihr stimmt über einen Neuantrag für euren Club ab? Jetzt habe ich nichts für unser Abendessen gekocht.«

»Ist schon gut. Ich habe im Club gegessen«, antwortete Dennis mürrisch. »Die Abstimmung über den Neuantrag musste verschoben werden. Es gab da Unstimmigkeiten.«

***

Es war kein Funken Wahrheit an dem, was er seiner Frau gerade erzählt hatte. Aber er brauchte keine Angst haben, dass seine Lügen jemals auffallen würden, denn alle Clubmitglieder machten gemeinsame Sache. Jeder hatte eine Freundin, und der Club war das Alibi für alle. So hielten sie zusammen und mussten keine Indiskretionen fürchten.

Der Grund dafür, dass Dennis den Abend zu Hause verbrachte, war seine Freundin Jenny. Sie hatte Migräne und immer, wenn sie Migräne hatte, war sie unleidlich.

Ihm machte es nichts aus, mit ihr auch während dieser Zeit Sex zu haben, aber Jenny bestand darauf, dass er sie in Ruhe ließ. So kam es, dass er diese Nacht zu Hause verbringen musste.

Er schaute Helen an, die ihm gegenüber in einem Sessel saß und in einem Buch las. Er stand auf und mixte sich einen Drink.

»Möchtest du auch etwas?«, fragte er Helen.

Sie nickte, und er brachte ihr einen Cocktail. Dabei streichelte er über ihr feines, helles Haar. Dann würde er seine Lust eben an seiner Frau befriedigen. Schade nur, dass sie so einfallslos und reglos an dem Geschehen teilnahm.

Er nahm den Drink aus ihrer Hand, legte ihr Buch auf den Wohnzimmertisch und zog sie zu sich hoch.

»Ich will mit dir schlafen«, hauchte er ihr ins Ohr. »Komm, sei ein wenig zärtlich zu mir.«

Genau diese zwei Sätze benutzte er jedes Mal, und bisher war Helen ihm stets willig ins Schlafzimmer gefolgt.

***

Aber dieses Mal sträubte sie sich. Es kam ihr so vor, als ob sie an Tom Verrat ausüben würde, wenn sie jetzt Sex mit ihrem Mann hätte. Erstaunt und fassungslos starrte ihr Ehemann sie an.

»Was ist los mit dir?«

»Nichts, Dennis, nichts. Geh schon einmal vor. Ich dusche mich und komme dann zu dir ins Bett.«

Beruhigt ging Dennis ins Schlafzimmer.

Nach einer Weile rief er ungeduldig in Richtung Bad: »Dauert es noch lange?«

»Ich komme schon.«

Helen trug wie immer ein Negligee, als sie sich zu ihm ins Bett legte. Und wie immer schob er das Negligee hoch und zwängte sich zwischen ihre Beine. Dann stieß er sein steifes Glied in ihre Scheide und begann, sich darin hin und her zu bewegen.

So wie immer, dachte Helen, die unter ihm lag und nur darauf wartete, dass er endlich seinen Saft in sie hineinspritzte.

Nachdem er gekommen war, gab er ihr einen kurzen Kuss auf die Stirn, drehte sich um und schlief fast augenblicklich ein.

Er hat meine Erinnerung an diesen schönen Tag nicht beschmutzt, beruhigte sich Helen.

Sie lag noch lange wach. Dennis schnarchte und erinnerte sie daran, dass er eigentlich der Mann war, mit dem sie all das, was sie am heutigen Tage erlebt hatte, machen sollte. Er sollte ihr Sexgespiele sein, nicht der Mann vom Schrebergarten.

Sie träumte von Tom und seinen Fingern und was diese Finger mit ihr gemacht hatten. Sie dachte an den Geschmack seines Schwanzes und daran, dass sie das alles morgen wieder erleben durfte. Endlich fand ihr Körper Ruhe, und sie fiel in einen erholsamen Schlaf.

***

Als sie am nächsten Morgen aufwachte, spürte sie, wie zwei Hände ihr Negligee in die Höhe schoben. Als sie die Augen öffnete, blickte sie in die Augen ihres Mannes, der sich gerade seinen Weg mit seinem erigierten Penis in ihre Vagina suchte.

Was für ein Erwachen! Kurz bevor sie so lieblos geweckt wurde, hatte sie von Tom und seinen dunklen Augen geträumt, und nun sah sie die stahlblauen Augen von Dennis über sich. Mit Mühe verbarg sie ihre grenzenlose Enttäuschung.

»Guten Morgen, mein Schatz«, stöhnte Dennis über ihr. »Na, gefällt es dir, wie ich dich heute geweckt habe?«

Ein langes Stöhnen folgte seinen Worten, gepaart mit ein paar tiefen Stößen seines Schwanzes in das kleine dunkle Loch von Helen.

Sie nickte nur und ließ alles über sich ergehen. So war es dann, wie es jeden Morgen war: Dennis stöhnte laut auf bei jedem Stoß, den er ihrer Scheide verpasste, und als er dann endlich kam und sein Sperma in sie hineinspritzte, begleitet von einem kurzen lauten Schrei aus seinem weit aufgerissenen Mund, verspürte Helen nichts als große Erleichterung. Erleichterung darüber, dass es vorbei war.

»War es schön für dich?«

Sie nickte. Alles wie gehabt ...

***

Als sie Dennis im Bad singen hörte, wie er, so laut er konnte, die falschen Töne von sich gab, dachte sie mit einem Lächeln an Tom.

Was er jetzt wohl machte? Ob er noch schlief, dort auf der alten Couch, auf der sie sich gestern so leidenschaftlich geliebt hatten? Ob er an sie dachte?

Helen wurde unruhig. Sie wollte heute Morgen so früh wie möglich zu ihm fahren. Er hatte ihr von einem »anderen Orgasmus« erzählt, den es gab, und sie war neugierig, was er damit gemeint hatte. Ihr Kitzler begann sich zu regen.

»Was machst du heute?«

Helen hatte nicht bemerkt, dass Dennis sich gerade vor ihr bückte, um, wie jeden Morgen, sein nacktes Hinterteil mit dem dunklen Loch zu präsentieren, während er sich anzog.

»Ach, ich weiß nicht. Vielleicht gehe ich gleich etwas spazieren, bevor es zu warm wird.«

»Das ist eine gute Idee. Dann bekommt deine Haut mal etwas Farbe. Du siehst immer so blass aus.«

Dennis war fertig angezogen und beugte sich über sie, um ihr den gewohnten Kuss auf ihre Stirn zu geben. »Es kann sein, dass ich heute Abend nicht nach Hause komme, denn die Verhandlungen wegen der Neuaufnahme stehen ja immer noch an.«

»Gut. Dann wünsche ich dir einen schönen Tag, Dennis.«

»Danke, Helen, ich dir auch.«

***

Helen duschte ausgiebig und lenkte den Strahl des Wassers tief in ihren Körper hinein, um alles Sperma, das Dennis in sie hineingespritzt hatte, wieder herauszuwaschen. Erst als sie glaubte, dass nichts mehr davon vorhanden war, hörte sie damit auf.

Helen war immer stolz auf ihre helle Haut gewesen, aber Dennis hatte ihr gerade klargemacht, dass ihm ihre Haut nicht gefiel. Warum hatte er sie überhaupt geheiratet? Nicht, dass die Ehe mit ihm schlecht laufen würde, aber Helen vermisste doch so einiges. Vor allen Dingen beim Sex, aber das konnte sie ihm unmöglich sagen. Vielleicht war es ja auch, dass er wenig Erfahrungen in seiner Jugend gesammelt hatte, so wie sie selbst, und dass er deshalb so einfallslos mit ihr umging?

Sie schob ihre Gedanken an Dennis beiseite und bereitete sich lieber auf das neue Treffen mit Tom vor.

»Mein Liebhaber«, flüsterte sie zärtlich vor sich hin.

Sie hatte tatsächlich einen Liebhaber! Ein Lächeln überflog ihr Gesicht, während sie an ihn dachte, und ihr Kitzler stimmte ihr eifrig zu. Ein wenig zu eifrig, denn die Erregung, die Helen plötzlich befiel, war stark und erwartete so schnell wie möglich Erfüllung.

Ihr Atem ging schneller, und sie musste sich zweimal bücken, um ihr heruntergefallenes Höschen erneut aufzuheben und über ihre dünnen Schenkel hinaufzuziehen. Dann fiel ihr ein, dass er es hasste, wenn sie ein Höschen trug, und sie legte es wieder zurück in die Kommode.

Wieder suchte sie sich ein dünnes Kleidchen aus, das ihre Brustwarzen nicht versteckte. Wie gern hätte Helen größere Brüste gehabt, aber sie chirurgisch zu verändern, lehnte sie kategorisch ab. Zum Leidwesen von Dennis, der schon immer auf große Brüste gestanden hatte.

Ob Tom schon auf sie wartete?

In der Küche hatte sie plötzlich keine Geduld mehr, ihre Tasse Kaffee auszutrinken. Die Sehnsucht nach Tom, seinen fordernden Lippen, seinen wissenden Fingern und seinem starken Schwanz ließen sie erbeben. Ihr Körper zitterte vor Erregung.

Nur schnell weg von hier, bevor Sally kommt und mich fragt, was mit mir los ist, dachte Helen.

Sie ging schnellen Schrittes zur Garage, setzte sich in ihr Auto und fuhr mit quietschenden Reifen und klopfendem Herzen davon.

Kapitel 6

Helen raste zu ihrem Treffen mit Tom. Ihr Körper bebte bei dem Gedanken an das, was sie heute erwartete. Ihr Kitzler klopfte und ihre Brustwarzen waren so steif, wie sie noch nie zuvor gewesen waren.

Was würde er heute mit ihr anstellen?

Helen konnte es kaum erwarten. Endlich hatte sie den Parkplatz erreicht, auf dem sie ihr Auto für die Dauer ihres Besuches bei Tom parken konnte.

Obwohl die Strecke zu seinem Garten nicht groß war, kam sie Helen wie eine kleine Ewigkeit vor. Endlich stand sie vor seinem Gartenzaun. Wo war er?

Sie suchte vergebens nach ihm. Etwas enttäuscht stand sie vor der kleinen Pforte.

Was hatte sie erwartet? Dass er am Gartenzaun stehen würde, um sie freudig in Empfang zu nehmen?

Doch gerade, als sie sich bückte, um den Griff der Gartentür zu betätigen, spürte sie, wie sich von hinten zwei Hände um ihre Brüste legten, an den Brustwarzen durch ihr Kleid hindurch zogen, und sich ein harter erigierter Penis zwischen ihre Pobacken drückte.

»Wo warst du solange?«, raunte ihr Tom ins Ohr. »Warum kommst du so spät?«

Glückselig drehte sich Helen zu ihm um. Tom stand

völlig nackt, mit seinem großen, starken, steil aufgerichteten Penis vor ihr, und seine Augen funkelten.

»Bück dich!«, stöhnte er.

Helen beugte sich nach vorn.

»Tiefer!«

Helen folgte seiner Anweisung und tat es so weit sie konnte.

Er schlug das Kleid hoch, bis über ihren Kopf, sodass sie ihm ihren Hintern direkt ins Gesicht streckte. Dann spürte sie, wie er seinen Mittelfinger sowie seinen Ringfinger tief in ihre Scheide hineinstieß und sie hart damit fickte. Genau so groß und kräftig wie er selbst und sein Schwanz waren auch seine einzelnen Finger.

Helen stöhnte laut auf.

»Na, gefällt dir das?«

Helen schüttelte den Kopf. Nein, das gefiel ihr nicht. Er behandelte sie wie eine Sklavin, wie eine Nutte. Das hatte sie nicht verdient.

Sofort zog er seine Finger aus ihr heraus, drehte sie zu sich herum, schaute ihr in die Augen und sagte ganz langsam: »Mach deinen Mund auf, ganz weit, und tu jetzt genau das, was ich dir sage.«

Erschrocken über die Art, wie er mit ihr sprach und umging, öffnete sie ihren Mund. Sofort stieß er seine Finger, die sie eben noch in ihre Scheide gefickt hatten, tief in ihren Mund.

»Leck sie sauber, einen nach dem anderen!«

Ekel befiel sie. Er zwang sie gerade, den eigentümlichen Geschmack aus ihrer eigenen Vagina von seinen Fingern zu lecken!

Erst jetzt schien Tom zu bemerken, dass sie sich nicht

wohlfühlte, bei dem, was sie gerade tat. Es spornte ihn wohl an.

»Das wird von jetzt an meine Strafe für dich sein. Immer wenn du etwas nicht zu meiner Zufriedenheit erledigst, wirst du deinen eigenen Saft lutschen müssen. Hast du das verstanden?«

Helen nickte. Ihre Augen waren voller Tränen. Wo war der Mann, der ihr gestern solche Freuden bereitet hatte? Dieser Mann, der jetzt vor ihr stand, gefiel ihr nicht. Sie fürchtete sich sogar ein wenig vor ihm.

So, als ob er ihre Gedanken lesen konnte, änderte sich sein Verhalten schlagartig. Er öffnete die Gartentür für Helen, schloss es hinter ihr und nahm sie auf seine Arme. Er trug sie den ganzen Weg von der Pforte bis ins Häuschen.

Dort legte er sie vorsichtig auf die Couch und beugte sich ganz tief über ihr Gesicht. Seine Augen kamen ihr noch dunkler als sonst vor.

»Ich hatte solche Angst, du würdest nicht kommen«, entfuhr es ihm. »Ich dachte, du würdest nie mehr kommen, deshalb war ich eben so hart zu dir. Bitte, verzeih mir.«

Erleichtert schaute Helen in sein Gesicht. »Natürlich verzeihe ich dir. Aber früher kann ich nicht kommen, denn ich muss warten, bis mein Mann das Haus verlassen hat.«

Helen konnte nicht weiter sprechen, denn seine Lippen verschlossen ihr den Mund und seine Zunge forderte Einlass. Sie saugte sich an ihr fest, so, als ob sie sie nie mehr loslassen wollte.

Tom musste sich anstrengen, die Saugkraft ihres Mundes zu überwinden, um seine Zunge wieder zu befreien. Ein leichtes Lächeln stand in seinem Gesicht, als er sich langsam neben sie auf die Couch setzte.

»Was willst du heute tun? Hat dein Kitzler schon Hunger oder ist er noch satt von dem, was er gestern bekommen hat?«, fragte Tom.

»Er ist ausgehungert.«

Helens Körper war durchflutet von einer großen Unruhe und Nervosität, die einzig und allein von ihrem Kitzler ausging. Nicht nur, dass er klopfte, es schienen sich alle Nerven in ihm versammelt zu haben, die auf nichts anderes warteten, als auf den erlösenden Orgasmus.

Jetzt, nachdem Helen erfahren hatte, welch ein überwältigendes Gefühl ein Orgasmus in ihrem Körper auslöste, konnte sie es kaum erwarten, dieses Gefühl wieder zu erleben. Sofort! Jetzt! Sie konnte und wollte nicht mehr warten!

»Bitte, Tom, gib mir die Erleichterung, die mein Körper und ich so dringend benötigen. Bitte, ich verbrenne sonst, ich weiß nicht mehr, was ich machen soll.« Stockend waren diese Worte über Helens Lippen gekommen.

Immer wieder tasteten ihre Finger zu ihrem Kitzler, um selbst zu versuchen, diesen beklemmenden Zustand durch einen Orgasmus zu beenden. Aber jedes Mal, wenn sie fast am Ziel war, hatten Toms Hände ihre Finger wieder weggezogen.

Helens Körper verlangte noch mehr nach Erleichterung als am Tag zuvor.

»Bitte Tom, bitte, gib mir endlich den Orgasmus.«

»Was bekomme ich dafür?«

»Wie, was bekommst du dafür?«

In ihrer verzweifelten Unruhe strampelte Helen mit ihren Beinen und warf ihren Körper hin und her. »Ich vergehe vor Lust, bitte, bitte Tom, ich mach mit dir auch alles, was du willst. Alles!«

»Na endlich. Das wollte ich von dir hören. Du machst alles, was ich von dir verlange? Wirklich alles?«

»Ja, ja, ja ...«, stöhnte es aus ihrem Mund. »Alles, aber gib mir endlich den Orgasmus!«

***

Langsam hob Tom Helens Kleid und zog es ihr über den Kopf. Er schaute auf den sich windenden und aufbäumenden Körper hinunter. Noch nie hatte er eine Frau gekannt, die derart heftig nach einem Orgasmus verlangte. Sie litt wirklich, und es gefiel ihm. Er würde sie noch ein wenig zappeln lassen. Er wollte sehen, wie weit er bei ihr gehen konnte.

»Heb deine Beine!«, befahl er ihr.

Helen tat es und schaute ihn erwartungsvoll an.

»Höher!«

Als er sie genüsslich ansah, wurde sie wieder ungeduldig.

»Mach schneller, Tom, bitte mach doch schneller. Ich verbrenne sonst!«

Tom stand auf und sah auf sie herab. »Du weißt, was ich jetzt will, oder?«

»Nein ... ja, ich ...«, stammelte Helen.

Tom grinste.

»Nein!«, schrie sie plötzlich. »Nein, Tom. Ich weiß es nicht! Was soll ich für dich machen? Sag es endlich!« Es war die pure Verzweiflung, die sie aufschreien ließ. Ihr Körper verlangte so sehr nach einem Orgasmus, einer Erleichterung, dass sie fast nicht mehr Herr ihrer Sinne war.

»Spreiz deine Beine für mich. Du weißt es doch noch von gestern, oder hast du es vergessen?«

Sofort zog Helen die Beine an ihre Brust, legte ihre Hände in die Kniekehlen und spreizte die Beine so weit auseinander und zog sie so weit nach hinten, dass ihr ein leiser Schmerzenslaut entwich.

»Na bitte! Das will ich. So will ich dich sehen!« Zufrieden stellte Tom sich vor ihr auf und rieb seinen Schwanz.

War er vorher schon groß und dick gewesen, so schwoll seine Eichel jetzt erst richtig an.

»Er ist so riesig!«, entfuhr es ihr entsetzt.

»Nicht größer als gestern«, antwortete Tom gepresst. Auch er war jetzt sehr erregt und konnte so besser nachvollziehen, wie es Helen gerade ging.

Er kniete sich zwischen ihre Beine und sah sich genau an, was sie ihm so freizügig darbot. Helen wand und drehte sich vor Scham, aber genoss es wohl auch, denn Tom sah, dass es ihre Erregung ins Unermessliche steigerte.

»Mach schon, Tom, bitte! Lass mich nicht mehr warten!«

Vorsichtig nahm er ihre dick geschwollenen äußeren Schamlippen in seine Hände und massierte sie, erst sanft und dann immer stärker.

»Ja, ja, nicht aufhören, Tom, mach weiter.«

Er beugte sich hinunter zwischen ihre Beine. Dann zog er ihre äußeren, dick geschwollenen nach außen gewölbten Schamlippen weit auseinander und liebkoste die kleineren, innen liegenden Schamlippen mit seinen Lippen. Er fing an, den Kitzler, der sich etwas oberhalb befand, mit seiner Zunge sanft zu massieren. Nicht zu fest, denn noch sollte sie ihren ersehnten Orgasmus nicht bekommen, noch musste sie warten. Erst wenn sie ihm das gegeben hatte, wonach es ihm gelüstete, würde er sie erlösen.

Helen stöhnte laut auf. »Ja, Tom, das ist gut, ja, noch ein bisschen härter, fester, bitte!«

In dem Moment, in dem ihre Sinne auf nichts anderes

gerichtet schienen, als auf diesen erlösenden Orgasmus, stieß er zu. Stieß seinen ungewöhnlich dicken und kräftigen Schwanz so tief in ihre Fotze, dass sie einen lauten, nicht enden wollenden Schrei ausstieß. Ihre Augen sahen ihn so entsetzt an, dass er fast in ihr abspritzte. Aber das wollte er noch nicht.

»Au, oh Tom!«

Ein wenig zog er seinen Schwanz aus ihrer Fotze zurück. Vielleicht hatte er ja zu kräftig zugestoßen. Sofort hörte sie mit ihrem Geschrei auf und ihre Augen wurden wieder klar. Langsam begann er nun, sich kräftig in ihr hin und her zu bewegen, auf und ab, vor und zurück, aber darauf bedacht, nicht mehr bis zum Ende seines Schwanzes zuzustoßen.

»Ist das besser?«

Sie nickte nur, antwortete ihm nicht.

Seine Erregung wuchs. Es würde nicht mehr lange dauern und sein Schwanz würde abspritzen.

Aber nicht in ihrem Loch, dachte Tom, nun äußerst erregt, *sie wird es schlucken müssen, so wie gestern.*

Er kreiste mit seinem Schwanz noch ein paar Mal in ihrer feuchten Höhle, zog ihn dann heraus und stellte fest, dass seine Eichel in einer dicken Lage ihres Saftes eingehüllt war und der Rest seines Schwanzes ebenso.

»Mach deinen Mund auf, los, schnell.«

Wieder dieser entsetzte Blick von Helen.

»Du hast mir gesagt, für einen Orgasmus tust du alles. Also mach deinen Mund auf!« Er kniete sich über ihr Gesicht und ließ langsam den Saft von seiner Eichel in ihren Mund laufen.

»Schluck, los, schluck deinen Saft. Du wirst sehen, er wird dir schmecken.«

Und Helen schluckte. Kaum hatte sie den Saft, der von selbst in ihren Mund gelaufen war, hinuntergeschluckt, da streifte Tom den restlichen mit seiner Hand von seinem Schwanz ab und steckte seine feuchten Finger in ihren Mund, damit sie alles ablecken konnte.

»Ich habe dir gestern einen anderen Orgasmus versprochen, kannst du dich erinnern?«

Helen nickte, während Tom ihr erneut seine Eichel in den Mund steckte. Schnell begann sie, nun schon routiniert, daran zu saugen, während ihre Augen darauf warteten, dass er noch etwas sagte.

Tom keuchte. Sein Schwanz war fast bereit zu spucken. Seine Eier waren noch praller als am Tag zuvor. Jedes Mal, wenn er an ihre gespreizten Beine und ihre dick geschwollenen Schamlippen gedacht hatte, war sein Schwanz hart geworden. Aber Tom hatte darauf geachtet, dass er nicht abspritzte. Er hatte sich durch Arbeiten abgelenkt und so hatte sich wieder eine beträchtliche Menge Sperma in seinen dick angeschwollenen Eiern angesammelt.

»Du wirst mich jetzt gleich auslutschen, so, wie du es gestern gemacht hast. Aber ich warne dich. Heute sind meine Eier noch voller als gestern. Lass bloß nichts danebenlaufen.«

Helen nickte, aber ihre Augen verrieten ihre Qual. Wenn es noch lange dauern würde, bis er ihr den versprochenen Orgasmus bereitete, würde sie so laut schreien, dass alle Schrebergartennachbarn zusammenlaufen würden.

Tom atmete schwer und schwerer. Helen saugte an seinem Schwanz, tauchte ihre Zungenspitze in die kleine Spalte am oberen Ende und versuchte sogar, in das kleine Loch einzutauchen.

Immer heftiger wurden die Bewegungen, mit denen Tom

seine Vorhaut vor und zurück rieb. Immer schneller ging sein Atem, und dann wurden seine Augen glasig, sein ganzer Körper spannte sich und seine Arschbacken pressten sich zusammen. Schließlich explodierte seine Eichel in Helens Mund.

Tom stieß einen lauten, heftigen Schrei aus. Mit jeder neuen Ladung, die aus seinen Eiern den langen Weg seines Schwanzes hinaufgejagt wurde und durch seine Eichel in Helens Mund katapultiert wurde, folgte ein neuer Schrei.

Kaum hatte Helen eine Ladung geschluckt, folgte ein neuer Schwall Sperma in ihren Mund.

***

Schwer atmend saß Tom auf ihrer Brust, und sein Gewicht nahm ihr fast den Atem.

Aber es kam immer noch etwas Sperma nach, nicht mehr so viel wie am Anfang, aber noch genug, um Helens Mund zu füllen.

Seine Schreie wurden leiser und endlich hörte es auf.

Endlich hatten sich seine Eier vollständig geleert.

»Saug ihn, Helen, saug ihn aus, vielleicht kommt ja noch was nach.«

Helen saugte und saugte, und tatsächlich, noch einmal bäumte sich Tom auf und brüllte er seine Lust heraus.

War es normal, dass ein Mann so viel Sperma produzieren konnte?, fragte sich Helen im Stillen. Dadurch, dass sie mit dem Schlucken seines Spermas so beschäftigt gewesen war, hatte sich ihre Erregung etwas gelegt.

»Leck ihn sauber, so sauber, dass kein Tröpfchen mehr an ihm zu sehen ist«, flüsterte Tom ihr ins Ohr.

Und Helen tat, was er von ihr verlangte. Alles, an was

sie jetzt noch denken konnte, war der Orgasmus, den er ihr zugesagt hatte.

Unruhig hob sie ihre Beine, drehte ihren Körper und sah Tom verlangend an.

Immer wieder versuchten ihre Hände, an die Stelle ihres Körpers zu gelangen, an der ihr Tom gestern die Befreiung ihrer Erregung bereitet hatte. Sie konnte und wollte jetzt nicht mehr warten. Ihr Körper bestand darauf, erleichtert zu werden.

»Du hast es mir versprochen, Tom«, flüsterte sie erregt.

»Du wirst ihn auch bekommen. Je länger dein Körper darauf warten muss, umso intensiver wird der Orgasmus sein. Zeig mir deine Fotze!«

Helen wusste nicht, was er meinte.

»Zieh deine Beine an. Wenn ich dir in Zukunft sage, dass du mir deine Fotze zeigen sollst, dann ziehst du deine Beine bis zum Kinn, hältst sie fest und spreizt sie so weit, wie du nur kannst, verstanden?«

Bereits während er sprach, tat Helen, was er verlangte. Ihr Körper war zum Zerreißen gespannt und konnte nicht mehr länger warten. Bald würde sie vor lauter Verzweiflung laut schreien. Viel länger konnte und wollte sie sich nicht zusammennehmen. Das Gefühl in ihr war unerträglich stark.

Tom stand vor der Couch, genau zwischen ihren weit gespreizten Beinen und hielt seinen Schwanz in seiner Hand. Mit geübten Griffen und Bewegungen rieb er seine Vorhaut hin und her. Dann trat er um die Couch herum, kniete sich neben Helen und steckte ihr seine Eichel in den Mund.

»Leck sie, komm Helen, leck meinen Schwanz und mach ihn schön hart.«

Und Helen leckte. Massierte ihn mit ihrer Zunge, bis

sich wieder die ersten Tröpfchen aus dem kleinen Schlitz lösten und Helen sie hinunterschluckte.

Sofort stand Tom wieder auf, kniete sich dieses Mal zwischen ihre immer noch weit gespreizten Beine und drang vorsichtig, mit seinem nun erneut harten und dicken Schwanz, tief in ihre Fotze.

Helen stöhnte laut auf, aber dieses Mal nicht vor Schmerz, sondern von dem Lustgefühl, das sie dabei empfand.

***

Vorsichtig bewegte er sich vor und zurück, immer etwas tiefer und immer etwas fester. Eine Hand wanderte zwischen die dicken Schamlippen, die weit auseinandergedehnt und gewölbt nur darauf warteten, mit einem Orgasmus erlöst zu werden.

Tom war ein erfahrener Liebhaber und er wusste, würde er nun ihren Kitzler reiben, hätte sie sofort einen Orgasmus. Er wollte aber, dass sie einen inneren und äußeren Orgasmus erleben würde. Er hatte es ihr am Vortag versprochen.

So bearbeitete er stetig und heftig ihren G-Punkt, bis er sah, dass sich ihre Augen verschleierten, ihr Körper sich langsam anspannte und sich ihre Atmung veränderte. Nun stieß sein Schwanz kräftiger gegen diesen Punkt und seine Finger wanderten zu ihrem Kitzler.

Als er merkte, dass ihr Atem nur noch stoßweise ging und ihre Finger anfingen, ins Bettlaken zu greifen, massierte er den Kitzler mit äußerster Schnelligkeit und es kam, wie er es geplant hatte:

Helen explodierte innerlich und äußerlich!

***

Die Explosion von innen, von ihrem G-Punkt ausgehend, breitete sich aus wie eine Welle, die durch ihre gesamte Scheide bis in die kleinen und großen Schamlippen brandete, um dann durch den Kitzler bis zu seiner Spitze zu brausen und dort zu explodieren.

Ihre Augen verdrehten sich, und für einige Zeit hörte Helen auf zu atmen. Dann kam ein Schrei über ihre Lippen, der dem Urschrei von Tom in nichts nachstand, im Gegenteil.

Helen schrie ihre Lust noch lauter hinaus.

Tom gab ihr ein Zeit, bis sich ihre Atmung etwas stabilisiert hatte, um dann den ganzen Vorgang noch einmal zu wiederholen.

Auch als Helen zum zweiten Mal kam, ließ ihr Schrei nicht an Lautstärke nach, im Gegenteil. Er war noch intensiver und lauter.

***

Auch Tom erregte es ungemein, wie diese Frau reagierte. Wie sie ihren Orgasmus auslebte ...

Gut, dass ich meine erste Ladung in ihren Mund gespritzt habe, dachte Tom. *Sonst hätte mein Schwanz jetzt nicht dieses Durchhaltevermögen.*

Und das benötigte er bei Helen! Ausgehungert wie sie war, verlangte sie nach mehr und mehr und mehr ...

Und Tom gab es ihr.

Nach einer Weile stieß Helen hervor: »Es ist genug, Tom! Du bist wunderbar! Du bist einfach großartig! Niemals in meinem bisherigen Leben habe ich so ein Gefühl erlebt. Ich will es nie mehr missen.«

»Aber jetzt ist mein Schwanz wieder kurz vorm Bersten. Was machen wir mit dem?«

»Mein Mund würde sich freuen, ihn noch einmal aufzunehmen. Ich meine, wenn es ihm recht ist.« Verschämt lächelte sie Tom an.

»Okay, heute mit dem Mund und morgen musst du etwas anderes für ihn finden.«

Wieder dieser erschrockene Blick von Helen, der Tom so heiß machte.

»Aber was gibt es denn sonst noch?«

Er hatte vergessen, wie unerfahren sie doch war. »Ich werde es dir morgen verraten. – Obwohl ... Ich glaube kaum, dass du morgen in der Lage sein wirst, mit mir zu spielen.«

»Warum denn?«

Tom lächelte wissend. »Nun, meine kleine Helen, weil ich glaube, dass du morgen so wund bist, dass du kaum noch sitzen kannst.«

Wieder dieser erschrockene Blick von ihr. »Glaubst du das wirklich?«

Tom nickte ernst. »Ich hatte sowieso vor, morgen in die Stadt zu fahren, um ein paar Einkäufe zu tätigen. Warum treffen wir uns nicht erst übermorgen, wenn es dir recht ist?«

Helen nickte und sagte: »Das ist gut. Denn meine Freundin ist misstrauisch geworden, weil ich heute keine Zeit für sie hatte. Ich vermisse dich jetzt schon, Tom.«

Er lachte leise und küsste sie zart auf ihre Lippen. »Du gefällst mir, Helen. Es macht Spaß, schmutzige Sachen mit dir zu machen.«

Wieder errötete sie.

Tom spürte, dass er seine erste Ladung Sperma wieder in seinen Eiern hatte. Er würde noch mehr bis zum nächsten Treffen ansammeln. Er liebte es, ihr zuzusehen, wie sie mühsam seinen zähfließenden Erguss hinunterwürgte.

»Du kannst dich auch selbst befriedigen, das weißt du, oder?«, fragte er.

Helen schüttelte den Kopf und errötete. »Wenn ich das könnte, wäre ich ja nicht hier.« Sie erschrak über ihre eigenen Worte und blickte verschämt auf den Boden.

»Ist schon gut, Helen. Es stimmt doch, was du sagst. Du musst dich nicht für deine ehrlichen Worte schämen.«

»Kannst du mir vielleicht zeigen, wie es geht?«

Ihr ängstlicher, zugleich aber auch hoffnungsvoller Blick ließ ihn leicht zittern, er durfte sich nicht in dieses wunderbare Wesen verlieben. Sie war verheiratet, und er musste bald zurück nach Australien.

»Ich verspreche dir, meine liebe Helen, dass ich es dir an unserem letzten gemeinsamen Tag zeigen werde. In Ordnung?«

***

Helen lächelte ihn dankbar an. Ja, das war in Ordnung für sie, bedeutete es doch, dass heute nicht ihr letztes gemeinsames Treffen war. Dass sie ihn noch öfter besuchen durfte. Ein kleines Glücksgefühl machte sich in ihr breit.

Zum letzten Mal an diesem Tag ließ er sie an seinem Schwanz saugen, seine Eichel massieren und sein zähflüssiges Sperma schlucken. Danach lagen sie wieder eine Weile ruhig und zufrieden nebeneinander.

Nach einer Weile stand Helen auf, zog sich ihr Kleid an. Tom war auf der Couch eingeschlafen.

»Ich liebe dich«, flüsterte sie ihm in sein Ohr und erschrak. Nein, das durfte nicht passieren, sie musste aufpassen, was sie dachte und sagte!

Als sie sich in ihr Auto setzte, musste sie an seine Worte denken: »Du wirst wund sein …«

Sie spürte das Ergebnis ihrer wilden Sexspiele jetzt schon, aber sie fühlte sich sehr glücklich und zum ersten Mal seit langem ausgeglichen und ruhig. Es war ein wunderbares Gefühl!

Kapitel 7

Wieder zu Hause träumte Helen von den vorangegangenen Stunden. Ihr ganzer Körper war erfüllt von einem wohligen Gefühl, das ihr Ruhe und Zufriedenheit bescherte. Ein Gefühl, das sie in den letzten Monaten so schmerzlich vermisst hatte.

Helen träumte von Toms starken Händen, seiner Zunge, die so energisch von ihrem Mund Besitz ergriffen hatte und natürlich sah sie in Gedanken auch immer wieder seinen kräftigen Schwanz. Es war ihr immer noch rätselhaft, wie so viel Sperma in einem Mann sein konnte. Sie hatte einmal in einer medizinischen Zeitschrift gelesen, dass die Menge des einzelnen Ergusses sehr überschätzt wurde, vor allen Dingen von den Männern. Diejenigen, die den Artikel geschrieben hatten, kannten Tom nicht, sonst hätten sie ihren Beitrag wohl überdacht.

***

Was Helen nicht wusste, war, dass Tom vor vielen Jahren durch Zufall entdeckt hatte, wie er die Menge seines Spermas um fast das Doppelte und mehr steigern konnte.

Als Student hatte er regelmäßig sein Sperma in einer Samenbank gespendet und so sein Taschengeld aufgebessert. Als er das erste Mal dort erschien und den kleinen

Becher erhielt, in den er sein Sperma ergießen sollte, hatte er laut aufgelacht. Die junge Krankenschwester, die schon oft erlebt hatte, dass Männer die Menge ihres Spermas weit überschätzten, hatte ihn nur mitleidig angelächelt.

»Der Becher ist groß genug, glauben Sie es mir!« Mit diesen Worten hatte sie ihn in eine der Kabinen geschickt, in der die Männer ihr Sperma in die Becher füllten.

In der Kabine lief ein mittelmäßiger Sexfilm, der aber trotzdem dazu führte, dass Tom erregt wurde. Nach und nach füllten sich seine Eier mit Sperma, und als er glaubte, sie würden platzen, wichste er seinen Schwanz zur Erektion. Anschließend brachte er den überfließenden Becher zur Schwester, die einen Schrei ausstieß.

»So etwas habe ich ja noch nie erlebt!«, rief sie entsetzt aus und lief mit dem übervollen Becher direkt zu einem der Ärzte der Samenbank.

»Stammt das wirklich aus nur einer Erektion?«, wollte der herbeigerufene Arzt wissen.

Als Tom ihm erklärte, dass er vor Jahren gemerkt hatte, dass er jedes Mal, wenn er erregt wurde, eine neue Ladung Sperma in seinen Eiern verspürte und somit kontrollieren konnte, wie viel Sperma er aus sich hinausejakulieren konnte, war der Arzt überwältigt.

Tom bekam künftig immer einen größeren Becher und mehr Geld als alle anderen Spender.

***

Helen träumte von seinem Lachen, seinen weißen Zähnen und seinen starken Armen. Sie gab sich in ihren Gedanken immer und immer wieder Tom hin und spürte dabei, wie sich ihr Körper langsam wieder erregte.

Mitten in diese Gedanken klingelte das Telefon.

»Helen, wo bist du nur die ganze Zeit? Ich versuche seit Stunden, dich zu erreichen!«

Es war ihre Mutter, die es nicht gewohnt war, einmal einen Tag ohne Nachricht oder Besuch von ihr auszukommen.

»Sally sagte mir, dass du schon den ganzen Morgen nicht zu Hause warst. Wo treibst du dich nur herum?«

»Ich war spazieren, Mum, einfach nur spazieren. Es ist so schön draußen, und Dennis meinte, die Sonne würde meiner Haut guttun.«

»Du darfst nicht so lange in der Sonne bleiben, mein Kleines. Deine Haut ist zu empfindlich, hast du gehört?«

»Dort, wo ich spazieren gehe, ist ein kleiner Wald. Die Blätter schützen mich vor der grellen Sonne.«

»Hast du keine Angst, allein durch einen Wald zu laufen? Nach allem, was man so in den Nachrichten hört? Das ist viel zu gefährlich! Warum fragst du nicht Laura, ob sie dich begleitet?«

Das hätte ihr noch gefehlt! Mit Laura durch den Wald zu gehen, dann hätte sie nicht die geringste Chance, Tom je wiederzusehen. Nein, das ging auf keinen Fall!

»Es sind immer jede Menge Leute da, die das schöne Wetter ausnutzen. Außerdem sind neben dem Wäldchen auch viele Schrebergärten, in denen sich Leute aufhalten. Ich fühle mich absolut sicher dort und genieße es, einfach mal für mich zu sein. Und Laura sehe ich morgen. Wir gehen in die Stadt.«

»Na gut, Kindchen. Aber ich werde ein ernstes Wort mit Dennis sprechen. Du musst auf dich aufpassen! Und gehe nicht so viel in die Sonne, hörst du?!«

Helen war genervt. »Mum, Dennis hat doch nur gesagt,

dass es ihm gefällt, dass ich jetzt, seit ich regelmäßig spazieren gehe, rote Wangen bekommen habe. Willst du etwa einen Streit zwischen mir und Dennis hervorrufen?«

»Nein, natürlich nicht. Ist ja schon gut. Aber du bist und bleibst meine kleine Tochter, und du darfst es mir nicht verübeln, dass ich mich immer noch um dich sorge. Ich habe eine Idee! Du und Laura, ihr kommt morgen Mittag einfach zu mir, dann essen wir zusammen.«

Am liebsten hätte Helen Nein gesagt, aber sie war es leid, mit ihrer Mutter zu diskutieren. »Na schön. Um wie viel Uhr sollen wir da sein?«, fragte sie müde und entnervt.

»Ich erwarte euch beide um halb eins. Also, bis morgen, mein Schatz.«

»Bis morgen, Mum.«

Nicht nur, dass sie am nächsten Tag Tom nicht sehen würde, jetzt musste sie auch noch Stunden bei ihrer Mutter verbringen. Ihre Mutter und Laura verstanden sich prächtig, und es fehlte ihnen nie an Gesprächsstoff. Meistens saß Helen nur still daneben und hörte zu.

Sie drückte den Knopf des Anrufbeantworters und eine Computerstimme teilte ihr mit, dass sie acht Anrufe in Abwesenheit erhalten hatte. Zwei der Anrufe waren von Laura, die wissen wollte, ob es bei dem morgigen Shoppingtermin bleiben würde. Ein Anruf war von Dennis, der fragte, ob er etwas mitbringen sollte, da er in die Stadt müsste, und die restlichen fünf waren von ihrer Mutter. Sie löschte die Nachrichten, sobald sie die Stimme ihrer Mutter erkannte.

Ob sie wollte oder nicht, aber Helen musste aufstehen, denn es wurde Zeit, das Abendessen für Dennis zuzubereiten. Vorher duschte sie und wusch alle Spuren des heutigen Tages von ihrem Körper.

Dann rief sie Laura an, um ihr mitzuteilen, dass sie beide am nächsten Tag bei ihrer Mutter zu Mittag eingeladen wären. Laura freute sich riesig.

***

Dennis war extrem guter Laune, als er nach Hause kam. Er umarmte Helen stürmisch, und beide aßen zusammen zu Abend, während er ihr in einem Redeschwall von den Vorkommnissen des Tages in der Firma berichtete.

Als es Zeit wurde, zu Bett zu gehen, war es wie jeden Abend. Später, als sie nebeneinander lagen und Dennis schon längst schlief, dachte Helen mit Schrecken daran, wie es wohl sein würde, wenn Tom zurück nach Australien flog. Ihr Körper sehnte sich nach seinen Streicheleinheiten, nach seinen Fingern, die genau wussten, wie und an welchen Körperstellen sie Helen verwöhnen und zum Orgasmus bringen konnten. Genau wie seine Lippen, die so zart sein konnten, aber auch hart, wenn ihm etwas nicht gefiel.

Ihr Körper erzitterte. Warum lag jetzt nicht Tom an ihrer Seite? Aber sofort verwarf sie diesen Gedanken wieder, denn sie liebte Dennis wirklich. Wenn er ihr doch nur beim Sex ein wenig mehr Aufmerksamkeit schenken würde!

***

Auch am nächsten Morgen war alles wie immer. Später, als Helen sich anzog und das Haus verlassen wollte, bemerkte sie, dass sie keinen Slip trug.

Sie errötete bis in die Haarspitzen. Sie ging doch heute nicht zu Tom, sondern mit Laura in die Stadt, um einen Einkaufsbummel zu machen. Schnell begab sie sich wieder in ihr Schlafzimmer und zog ein Höschen an. Was hätte

Laura wohl gesagt, wenn sie bemerkt hätte, dass Helen nichts drunter trug? Oder erst ihre Mutter! Helen lachte bei dem Gedanken laut auf.

***

Sie traf Laura am verabredeten Treffpunkt, und beide zogen los. Sie blieben mal an diesem Geschäft stehen, um sich die Auslagen der Schaufenster anzusehen, mal an jenem, um die ausgestellten Modelle zu bewundern.

Helen fühlte sich befreit und wohl. Mit mehreren Taschen in ihren Händen waren sie gerade auf dem Weg zurück zu ihren Autos, als Helen Tom sah. Er ging auf der gegenüberliegenden Straßenseite und hatte seinen linken Arm um die Schultern einer jungen, wunderschönen Frau gelegt. In der anderen Hand trug er eine Tasche. Die Frau hatte ein kurzes Sommerkleidchen mit einem tiefen Ausschnitt an, der wunderschöne Brüste offenbarte. Ihr kurzes Röckchen wippte bei jedem ihrer Schritte auf und ab. Sie und Tom schienen sich gut zu kennen und lachten und scherzten miteinander.

Tom sah umwerfend aus. Er trug eine helle Leinenhose und hatte ein Hemd an, das seine braungebrannte Brust zeigte, denn die obersten Knöpfe standen offen.

Es war, als ob jemand Helen ein Messer in ihren Körper gejagt hätte. Eine ihrer Taschen fiel auf den Boden, und sie bemerkte es erst, als Laura sie ihr aufhob.

»Was ist los, Helen? Helen!« Laura hatte die Taschen abgestellt und winkte vor Helens Gesicht.

Erschrocken blickte diese sie an.

»Was ist denn?«, wollte Laura wissen.

»Nichts, nichts«, antwortete Helen schnell. »Ich glaube, ich bin nur etwas umgeknickt. Ich hatte plötzlich einen ganz furchtbaren Schmerz in meinem linken Fuß.«

Laura zögerte, dann fragte sie: »Wollen wir einen Arzt aufsuchen?«

»Nein, nein. Es geht schon wieder.«

Wie benommen lief Helen neben Laura die restlichen Schritte bis zum Parkplatz ihrer Autos, bemüht, ein leichtes Humpeln vorzutäuschen.

»Können wir mit deinem Auto zu meiner Mutter fahren? Ich hole meinen Wagen dann später ab.«

»Sicher, das ist kein Problem.«

***

Natürlich musste Laura sofort, nachdem sie bei Helens Mutter angekommen waren, brühwarm erzählen, dass Helen umgeknickt war und zwar so schlimm, dass sie ihr Auto nicht mehr selbst fahren konnte.

Wie von Helen befürchtet, rief ihre Mutter sofort ihren Hausarzt an und bestellte ihn in die Villa. Helen gab vor, zur Toilette zu müssen. Dort rieb sie an ihren Fuß, bis dieser ganz rot wurde. Der Arzt würde bestimmt sofort feststellen, dass dem Fuß nichts fehlte ...

Aber zum Leidwesen ihrer Mutter war der Arzt zu einem dringenden Notfall unterwegs, und so blieb Helen die peinliche Untersuchung erspart.

Wer war die junge Frau, mit der sie Tom gesehen hatte?

Ihre Gedanken überschlugen sich, und am liebsten wäre Helen zur Schrebergartenkolonie gefahren, um zu sehen, ob Tom den Nachmittag mit dieser Frau verbrachte.

Und selbst wenn er es tat, dann hatte sie doch überhaupt kein Recht, ihm Vorwürfe deshalb zu machen, schalt sie sich selbst.

»Helen, was ist los mit dir?« Die fragenden Augen der Mutter schauten sie an.

»Nichts, Mum. Aber ich mag die Hitze in der Stadt nicht, und das mit meinem Fuß, ach, am liebsten wäre ich jetzt zu Hause.«

Laura schaute sie schuldbewusst an. Schließlich war sie es gewesen, die Helen quasi gezwungen hatte, mit ihr in der Hitze shoppen zu gehen.

Deshalb schlug Laura vor: »Ich fahre dich jetzt nach Hause und du legst dich hin. Später werde ich dann noch einmal nach dir sehen, und wenn es dir besser geht, holen wir dein Auto ab. In Ordnung?«

»Ja, das ist eine gute Idee, Laura, danke.«

Helen, die kaum etwas gegessen hatte, war froh, nach Hause zu kommen. Dort konnte sie ihren Gefühlen freien Lauf lassen und musste keine Rücksicht auf Laura oder ihre Mutter nehmen. Sie legte sich auf ihren Diwan und musste immer wieder an Tom und diese wunderschöne junge Frau denken.

Ob er sie gerade küsste oder ob sie gerade an seinem Schwanz lutschte? Steckten vielleicht seine Finger in diesem Moment in ihrer Vagina?

Helen wurde fast verrückt bei diesen Gedanken und wusste gleichzeitig, dass sie keinerlei Recht hatte, falls es wirklich so wäre, ihm Vorhaltungen zu machen. Schließlich schlief sie jeden Tag mit Dennis, und Tom beschwerte sich nie darüber.

***

Ihre Mutter rief fast jede Viertelstunde an, um sich nach Helens Befinden zu erkundigen. Sie glaubte, dass Helen schwanger war und Helen es selbst noch nicht wüsste.

Ihre Mutter hatte sogar Dennis angerufen und ihm ihre Vermutung in Bezug auf eine eventuelle Schwangerschaft mitgeteilt. Als er das hörte, setzte er sich in sein Auto und fuhr geradewegs nach Hause.

***

Helen war nicht sonderlich erfreut, ihn in ihrem jetzigen Zustand zu sehen. Viel lieber wäre sie allein geblieben und hätte ihren Gedanken nachgehangen.

Dennis umsorgte sie, holte ihr ein kühles Getränk, stellte frisches Obst direkt neben den Diwan und fragte unentwegt, ob er sonst noch etwas für sie tun könnte.

Helen, die den Grund dafür nicht kannte, wurde zu nehmend gereizter.

»Dennis, das ist ja alles ganz lieb von dir, aber kann ich bitte endlich allein sein?«

Dennis zuckte zurück.

Sofort tat es ihr leid und ihre Stimme wurde milder, als sie sagte: »Entschuldige. Ich möchte nur gern ein bisschen schlafen und meinen Fuß ausruhen.«

Kaum hatte sie diese sanften Worte ausgesprochen, hob Dennis sie hoch und trug sie zu ihrem Bett. Das erste Mal, seit sie verheiratet waren, zog Dennis Helen bei Licht aus. Er betrachtete sie lange und Helen war sicher, dass er sie am liebsten gestreichelt hätte.

Doch bevor er seinen Gefühlen freien Lauf ließ, zog er ihr schnell ihr Negligee über den Kopf und deckte sie zu.

»Schlaf gut, mein Engel. Du bist wunderschön.«

Seine liebevolle Art tat Helen gut.

Wenn er doch immer so zärtlich mit mir wäre, dachte sie und schlief tatsächlich ein.

***

Als sie erwachte, war es zwar immer noch hell, aber man merkte, dass es später Nachmittag sein musste. Dennis lag auf ihrem Diwan und schaute sie an.

»Warum bist du nicht in der Firma?«, fragte Helen erstaunt.

Dennis schwieg und schaute sie weiter an.

»Hast du die ganze Zeit hier gelegen und mich angesehen?«

Dennis nickte und stand auf. »Ich wusste gar nicht, was für eine schöne Frau ich habe. Du hast so friedlich in deinem Schlaf gelächelt, dass ich dich fast geküsst hätte.«

Und warum hast du es nicht gemacht?, dachte Helen, sprach es aber nicht aus.

***

Beide spürten ihre aufkommende Zärtlichkeit und Leidenschaft füreinander, und beide hatten Hemmungen, darüber zu sprechen. Er, weil er Angst hatte, mit ihr Dinge zu tun, die sein Schwiegervater nicht für gut befand. Und sie, weil sie derart altmodisch erzogen worden war, dass sie glaubte, es ihm nicht sagen zu können oder zu dürfen. So litten zwei junge Menschen, weil ihnen Helens Eltern den Weg zu einer erfüllten Liebesbeziehung verbaut hatten.

Hätten Helens Eltern ihr während ihrer Teenagerzeit mehr Freiheiten gegönnt und hätten ihr erlaubt, sich mit Gleichaltrigen zu treffen, wäre Helen nicht so verkrampft und verklemmt in ihre Ehe gegangen.

Hätte sie mehr über Sex gewusst, als sie Dennis heiratete, und hätte sie dieses Wissen benutzt, wäre sie vielleicht nicht in der Lage, in der sie sich jetzt befand. Hätte ihr Vater Dennis nicht mit seinem unerhörten Ansinnen vor der Hochzeitsnacht regelrecht überfallen, dann gäbe es jetzt bestimmt zwei sehr glücklich miteinander verheirate junge Leute.

»ReiseFieber«
Die Internet-Story

Mit dem Gutschein-Code
LR1TBFWQA
erhalten Sie auf
www.blue-panther-books.de
diese exklusive Zusatzgeschichte als PDF.
Registrieren Sie sich einfach online oder
schicken Sie uns die beiliegende
Postkarte ausgefüllt zurück!

Kapitel 8

Helen fuhr so schnell sie konnte zu dem Parkplatz neben den Schrebergärten. Sie hatte sich am Morgen schlafend gestellt, als Dennis sie im Bett streichelte. Rasch hatte er sich dann geduscht, angezogen und war davongefahren.

Nachdem das Geräusch seines Wagens verstummt war, stieg Helen aus dem Bett und ging selbst ins Bad. Die Sehnsucht nach Tom und nach dem, was er wohl heute mit ihr anstellen würde, um ihr einen noch stärkeren Orgasmus zu verschaffen, ließ sie erzittern.

Aber auch ein wenig Angst war in ihr, vor dem, was er vielleicht von ihr verlangen würde.

Schließlich hatte sie ihm in einem Moment der totalen Begierde und Erregung zugesagt, alles, was er sich von ihr wünschte, für ihn zu tun.

Doch sie hatte jetzt keine Zeit, sich diesen Gedanken hinzugeben. Sie wollte so früh wie möglich bei ihm sein und seine Zärtlichkeiten genießen. Nichts anderes zählte jetzt für sie.

Wieder zog sie ein leichtes Sommerkleid an und einen Slip, der farblich dazu passte. Auch die Slipper, in die sie in hastiger Eile schlüpfte, waren farblich zu ihrem Kleid abgestimmt. Ob Tom es bemerken würde?

Dann kam ihr ein anderer Gedanke, der ihre Freude auf

ihn dämpfte: Ob diese Frau noch bei ihm war? Und wenn sie noch bei ihm war, würde er sie wegschicken?

Helen seufzte. Sie hatte das Gefühl, dass es sinnlos geworden war, zu ihm zu fahren. Anscheinend hatte er sich eine neue Gespielin zugelegt und das nur, weil sie einen Tag nicht kommen konnte ...

Helen war den Tränen nahe. Aber sie gab sich einen Ruck, denn sie wollte Tom wenigstens sehen.

***

Kaum hatte Helen ihren Wagen ausgestellt, da sah sie ihn. Er kam zu ihrem Auto und schien sehr erregt, aber auch erfreut, sie zu sehen. Er öffnete die Beifahrertür, schenkte ihr ein Lächeln und setzte sich zu ihr ins Auto.

»Du kommst spät«, presste er zwischen seinen Lippen hervor. »Ich warte schon seit Stunden!«

»Wer war die hübsche, junge Frau, mit der ich dich gestern in der Stadt gesehen habe?«, stieß Helen augenblicklich hervor. Sie zwang sich, dass ihr nicht die Tränen kamen.

Tom lachte laut auf. »Du meinst Patricia? Ja, du hast recht, sie ist wunderschön.«

Tom wollte sie küssen, doch Helen stieß ihn von sich.

»Wer ist sie?«, keuchte sie.

Tom machte Anstalten, den Wagen wieder zu verlassen.

Helen starrte ihn ängstlich an und hielt ihn am Arm fest. »Kannst du mir nicht sagen, wer sie ist? Bitte Tom!«

Doch er schwieg, sah sie nur an.

»Sie ist so schön«, flüsterte Helen, »viel schöner als ich. Und ihre Brüste sind so groß, und meine sind so klein.«

Da musste Tom lachen und ließ sich wieder neben ihr in den Sitz sinken. »Ich mag deine Brüste so, wie sie sind. Sie sind wunderschön. Die Frau, mit der du mich gestern gesehen hast, ist meine kleine Schwester. Unsere Mutter stammt von hier, aus dieser Stadt. Sie hatte vor vielen Jahren Urlaub in Australien gemacht und sich in meinen Vater verliebt. Dann ist sie geblieben, beide heirateten und es entstanden meine kleine Schwester und ich. Letztes Jahr machte meine Schwester hier Urlaub, sie besuchte unsere Großeltern und dann verliebte sie sich in einen jungen Mann. Jetzt wohnt sie hier und der Schrebergarten gehört ihren Schwiegereltern. Ich darf für die Dauer meines Besuches dort wohnen, aber das habe ich dir ja schon erzählt.«

Helen nickte beschämt. Sie hob an, um etwas zu sagen, doch sie kam nicht weit, denn er beugte sich zu ihr und verschloss ihren Mund mit seinen Lippen. Seine ungeduldige Zunge stieß bis zu ihrem Schlund, und nur mit Mühe konnte Helen sich an ihr festsaugen.

Tom stöhnte laut auf. Seine Finger glitten unter ihr Kleid und schoben es hoch. Helen half ihm dabei, indem sie ihren Hintern etwas anhob, ohne jedoch seine Zunge in ihrem Mund loszulassen.

»Warum musst du nur immer ein Höschen tragen?«, jammerte Tom in ihren Mund. »Das nächste Mal trägst du keines, hörst du?! Und falls doch, dann werde ich dich bestrafen!«

»Ist gut, das nächste Mal werde ich kein Höschen unter meinem Kleid tragen.«

Tom hatte es mittlerweile nach unten geschoben.

»Heb deine Beine und stell sie neben dich auf den Sitz.«

Noch während Helen dabei war, ihre Beine an ihren Körper zu pressen, hatte Tom den richtigen Hebel gefunden, und Helen fiel nach hinten auf ihr Sitzrückenteil. Ihre Beine wirbelten durch die Luft und ließen Tom all ihre wunderbaren Geschlechtsteile erkennen. Ihr Höschen flog auf den Boden, und Tom zog den Reißverschluss seiner Shorts nach unten. Sein dicker Schwanz bog sich hinaus und stand steil nach oben. Dann bückte er sich zwischen Helens Beine, rieb seinen Kopf an ihren dicken Schamlippen und sog ihren Duft ein.

»Ich mag, wie du riechst«, stöhnte er laut auf.

Wieder grub er seinen Kopf in ihre Schamlippen, teilte diese und leckte mit voller Inbrunst daran.

»Ich mag auch, wie du schmeckst«, stöhnte er noch lauter und schob sein Gesicht zwischen ihre Schamlippen und leckte alles, was er dazwischen finden konnte.

Jetzt war es Helen, die laut aufschrie und stöhnte. Ihr war klar, wenn Tom so weitermachte, würde sie jeden Moment einen Orgasmus bekommen.

***

Er nahm vorsichtig ihren Kopf in beide Hände, versenkte seine Zunge noch einmal tief in ihrem Mund, ließ sie ihren eigenen Geschmack von seiner Zunge saugen und schmecken, und wartete kurz, damit sie etwas zur Ruhe kommen konnte.

»Komm, wir gehen«, forderte er sie nach einer Weile auf. »Lass dein Höschen im Auto. Du wirst es die nächsten Stunden nicht benötigen.«

Er stieg aus und ging mit geöffnetem Hosenschlitz und steil aufragendem Schwanz zu ihrer Seite des Autos. Helen lag immer noch rücklings auf ihrem Sitz, die Beine weit gespreizt und fest angeschnallt. Tom öffnete die Autotür und befreite sie aus ihrem Sitz. Beide machten sich auf den Weg zu seinem Schrebergarten.

»Halt dich an ihm fest«, forderte Tom sie auf und deutete auf seinen erigierten Schwanz.

***

Nur einen ganz kurzen Augenblick dachte Helen an die Menschen, die ihnen auf dem Weg zum Schrebergarten vielleicht begegnen könnten, aber dann siegte ihre Begierde und ihre unsagbare Geilheit, die sie in dem Moment empfand.

Scheu und zart umfasste sie sein riesiges Glied.

»Fester, du musst es schon so anfassen, dass ich es spüre«, keuchte Tom neben ihr.

Noch nie hatte Helen ihn so erregt gesehen, und es kam ihr vor, als ob sein Schwanz noch nie so groß und so hart gewesen war. Vor allen Dingen seine Eichel, sie schien riesig. Am liebsten hätte Helen sich zu ihr hinuntergebeugt und sie in den Mund genommen, aber sie war sich nicht sicher, ob sie Tom damit eine Freude machen würde.

Tom ging jetzt etwas langsamer. Helen wollte sich seiner Geschwindigkeit anpassen, aber Tom fuhr sie an: »Zieh mich, zieh so fest du kannst an meinem Schwanz. Zieh mich hinter dir her!«

Und Helen zog. Es schien, als ob Tom ihr nur widerwillig folgen würde, denn sie musste immer heftiger an seinem Schwanz ziehen. Er hatte die Augen geschlossen und stöhnte ab und zu. Je heftiger sie an seinem Schwanz zog, umso langsamer ging Tom. Er schien jedoch jeden Schritt zu genießen. Auf seiner Stirn hatten sich Schweißperlen gebildet, und auch sein muskulöser Oberkörper sowie seine festen Beine waren feucht.

Als sie am Gartentor angekommen waren, kam Tom wieder zu sich. Er schob ihre Hand von seinem Schwanz weg und geleitete Helen in den Garten. Sein Atem ging schnell und gepresst, so, als ob er große Mühe hatte, eine Ejakulation zu vermeiden.

Kurz vor den Treppenstufen zu dem kleinen Holzhäuschen zog er Helen das Kleid über ihren Kopf und warf es in hohem Bogen auf eine Hecke. Dann legte er den Arm um ihre Hüfte und geleitete sie so die letzten Schritte bis zur Treppe.

Die erste Stufe war fast doppelt so hoch wie eine normale Treppenstufe, und als Helen ihr Bein anhob, um diese hohe Stufe zu erklimmen, rammte er ihr plötzlich und unerwartet seinen Mittelfinger und seinen Ringfinger tief in ihre nasse Fotze.

Helen schrie auf.

Nicht, dass er ihr wehgetan hätte. Es kam einfach nur zu überraschend. Mit dem linken Arm hielt er sie eng an sich gepresst. Zwei Finger seiner rechten Hand steckten tief in ihr drin. Nun war es auch Helen, die schwer atmete, denn so groß und stark wie der ganze Körper von Tom war, so groß und kräftig waren auch seine Finger. Sie spürte, wie sie sich in ihr bewegten.

Als er seine Hand etwas zurückzog, dachte sie zuerst, er würde seine Finger aus ihr herausziehen, aber im nächsten Moment fühlte sie, dass er noch einen dritten Finger in sie hineinschieben wollte. Instinktiv ging Helen etwas in die Knie und nahm auch seinen dritten Finger in sich auf. Mit starken Stößen rammte er diese Finger ein paar Mal in ihr hin und her. Sein Keuchen wurde noch lauter.

»Geh noch mal in die Hocke, schnell, mach!«

Und Helen gehorchte. Kaum in der Hocke mit ihren gespreizten Beinen, fühlte sie, wie er auch den vierten Finger in sie hineinpresste. Helen musste laut aufstöhnen. Sie glaubte, das Druckgefühl, das diese vier mächtigen Finger in ihr verursachten, nicht aushalten zu können.

»Sie sind zu dick«, stöhnte sie. »Tom, bitte, zieh einen wieder raus, bitte, es sind zu viele.« Mit großen, ängstlichen Augen sah sie zu ihm auf.

Statt einer Antwort zog Tom sie mit der linken Hand hoch und als Helen stand, empfand sie das Druckgefühl noch stärker. Sie spreizte ihre Beine, um diesem Gefühl zu entkommen. Aber es half nichts, im Gegenteil, es steigerte sich noch, da Tom nun mit allen Fingern in ihr spielte, sie in ihr bewegte und sie fickte.

»Heb deinen rechten Arm«, stöhnte er in ihr erschrockenes Gesicht.

Helen tat es, und kaum hielt sie ihren Arm kerzengerade in die Höhe, vergrub Tom sein Gesicht in ihrer Achselhöhle.

»Ich mag, wie du riechst, hmm ... du riechst so gut.«

Helens ganzer Körper war wieder mit Gänsehaut überzogen, und ihr Kitzler zwischen ihren Beinen fing an zu klopfen und zu brennen. Wie lange würde Tom sie noch hinhalten? Was wollte er noch mit ihr anstellen, bevor er ihr endlich die ersehnte Befriedigung gab?

Sie spürte, wie sein linker Arm ihre linke Arschbacke fest umpackte und sie anhob, während die Hände in ihrer Fotze ihn dabei unterstützen. Helen schrie dieses Mal richtig laut auf, denn sein Daumen presste sich dabei auf ihren Kitzler. Helen schrie nicht vor Schmerzen, sondern aus purer Lust.

Langsam ließ Tom sie auf das Bett gleiten, immer darauf bedacht, dass seine Finger nicht aus ihr herausrutschten. So, als ob sie noch nie etwas anderes getan hätte, spreizte Helen ihre Beine, sobald sie auf dem Bett lag, und zog sie so hoch, wie sie nur konnte, hielt sie dann unter den Kniekehlen fest. Bei diesen Bewegungen schienen seine Finger in ihr noch tiefer in sie hineinzugleiten. Es war ein ungeheures Druckgefühl, das Helen fast um den Verstand brachte. Dieses Druckgefühl und das brennende Verlangen nach einem Orgasmus hätten sie jetzt alles machen lassen, was er von ihr verlangt hätte.

***

»Lass deine Beine runter, heute machen wir es anders«, sagte Tom. Auch er war erregt und konnte seinen Schwanz kaum noch unter Kontrolle halten. Aber bei der Armee hatte er Selbstdisziplin gelernt, und das half jetzt etwas, wenn auch nur begrenzt. Dazu war er einfach zu erregt, und seine Eier brannten von all dem Sperma, das in ihnen war und das unbedingt hinaus wollte.

***

Artig ließ Helen ihre Beine wieder herunter, und Tom kniete sich mit seinem Hintern über ihr Gesicht. Seine Finger immer noch tief in ihr drin.

»Leck mich!«, forderte Tom mit rauer Stimme. »Leck meinen Arsch!«

»Nein, nein«, entfuhr es Helen entsetzt. »Nicht deinen Hintern, bitte Tom, nicht den Hintern!«

Direkt über ihrem Gesicht und vor ihren Augen hatte er seinen Hintern platziert. Doch kaum hatte Helen ihr Nein herausgeschrien, machte er Anstalten, sich von ihr zu entfernen.

»Nein, nein, bleib, bitte bleib!« Helens Stimme war kaum zu hören. Sie wusste, wenn sie seinem Wunsch nicht nachkam, würde er ihr auch nicht den ersehnten Orgasmus verschaffen.

Helen hielt ihn an seinen Beinen fest und zog ihn wieder zu sich hinunter, zog seinen Hintern wieder über ihr Gesicht. Sie empfand einen solchen Ekel, wie noch nie zuvor in ihrem ganzen Leben, und ihr Körper signalisierte es: Er war über und über mit Gänsehaut überzogen.

***

Tom ignorierte es, bemerkte es aber wohl.

»Dann zieh meine Arschbacken auseinander, ganz weit, so weit, wie du nur kannst und leck mich von meinen Eiern bis zum Ende der Spalte.«

Dabei hatte er ganz bewusst Helens Kitzler zwischen zwei seiner Finger genommen, um ihn ganz leicht zu massieren. Nur ganz leicht, denn einen Orgasmus durfte sie noch nicht bekommen. Denn dann wäre das Spiel, das er sich für heute ausgedacht hatte, schon vorüber, bevor es begonnen hätte.

***

Helen versuchte, ihren Ekel zu überwinden, schloss die Augen und leckte ihn so, wie er es wünschte.

»Fester, Helen, fester. Ich spüre ja überhaupt nichts.«

Und Helen leckte und leckte und wurde immer fester dabei mit ihrer Zunge. Was sie antrieb, war das Gefühl, das ihr die Massage des Kitzlers verursachte.

»Steck deinen Mittelfinger in mein Arschloch!«

Schlagartig wurde Helen wieder bewusst, was sie gerade machte. Wieder wollte sie aufbegehren, aber das Verlangen, endlich Erlösung durch einen Orgasmus zu bekommen, war zu stark.

»Erst in deinen Mund stecken, komm, Helen, lutsch deinen Finger, damit er schön glitschig ist, versuch, so viel von deinem Speichel wie möglich daraufzumachen, damit er gut in meinen Arsch gleitet.«

Helen wollte gar nicht so viel im Detail erfahren, es machte alles nur noch schlimmer für sie. Aber sie steckte brav ihren Mittelfinger der rechten Hand in den Mund, machte so viel Spucke wie ihr möglich war darauf und bohrte ihn langsam in das dunkle Loch vor ihrem Gesicht.

Tom stöhnte dankbar auf, und seine Finger, die einen Moment in ihr geruht hatten, begannen erneut, ihre Fotze von innen zu massieren.

»Den Finger nicht nur stecken lassen, Helen. Du musst ihn in mir bewegen, sonst spüre ich ihn ja nicht. Steck noch einen dazu, komm, feuchte beide Finger mit deiner Spucke an, und steck sie auf einmal in meinen Arsch.«

Die Ungeduld, mit der er sie aufforderte, seinen Wünschen nachzukommen, erschreckte sie. Sie wand sich und spannte ihren ganzen Körper an, was zur Folge hatte, dass die Finger in ihr plötzlich noch dicker und wulstiger erschienen als zuvor.

»Du musst dich entspannen, Helen. Sonst fügst du dir selber Schmerzen zu.«

Er massierte wieder leicht ihren völlig erregten Kitzler und saugte heftig an ihren Schamlippen.

»Oh ja, oh ja, das ist gut, bitte nicht aufhören, Tom, bitte, bitte, mach weiter.«

Aber er machte nicht weiter, er hörte sofort auf. Noch machte es ihm wohl große Freude, sie zu quälen und hinzuhalten.

Hastig steckte Helen nun ihre beiden Finger in den Mund

und befeuchtete sie mit ihrer Spucke. Mit der linken Hand zog sie seine Arschbacken etwas auseinander und mit der rechten Hand drückte sie ihre beiden nassen Finger tief in sein dunkles Arschloch. Sie begann, die Finger in seinem Arsch hin und her zu bewegen.

Tom stöhnte laut auf.

»Das ist gut, ja, das ist gut, Helen«, stöhnte er. »Noch zwei Finger dazu. Komm. Gib mir noch zwei Finger. Nimm alle, außer dem Daumen. Mach schnell, Helen, schneller!«

Hektisch verteilte sie so viel Spucke auf alle Finger, so viel, wie ihr Mund in der Eile fabrizieren konnte, und schob sie vorsichtig in das Loch an seinem Arsch. Dieses Mal musste sie mehr Aufwand und mehr Kraft aufwenden, um ihre vier Finger auf einmal hineinzubekommen. Bis zum Anschlag ihres Daumens steckte ihre Hand in seinem Arsch.

Toms Körper bäumte sich auf, und er stöhnte laut.

»Mach schon, massier mich von innen, worauf wartest du?«, keuchte Tom, und sein Körper zuckte.

Helen bewegte ihre Finger in dem engen Loch so gut es ging. Sie spürte, wie auch Tom mit seinen vier Fingern in ihr immer hektischer wurde.

»Entspann dich jetzt, Helen, entspann dich! Gleich wirst du erlöst, aber du musst dich erst entspannen, damit der Orgasmus seine Wirkung richtig erzielen kann.«

Dann nahm er ihren Kitzler in seinen Mund, saugte kräftig daran und massierte mit seiner freien Hand den unteren Teil des Kitzlers, und als er spürte, dass Helen kam und sie ihren ersten Schrei ausstieß, rammte er seine ganze Hand in ihren Schoß.

Helen schrie, sie schrie so laut, wie sie noch nie zuvor geschrien hatte. Aber es war nicht unbedingt der ungeheure

Dehnungsschmerz, den sie hinausschrie, vielmehr war es der Orgasmus, den ihr die Finger in ihr und der Mund samt Finger an ihrem Kitzler bereiteten.

Ihr Körper bäumte sich auf und nahm so seine ganze Hand noch tiefer in sich auf. Sie wollte sich auf die Seite wälzen, da sie vor lauter Lustgefühl nicht wusste, was sie machen sollte. Helen schrie und schrie, bis sie auch das Letzte des unsagbar befreienden Gefühls aus sich herausgelassen hatte.

Wimmernd lag sie unter Tom, der immer noch über ihr kniete und seine Hand immer noch in ihr hatte. Auch Helens Finger befanden sich noch in seinem Arsch. Müde bewegten sie sich ein wenig, aber alle Kraft schien aus Helen gewichen zu sein.

»Willst du noch mehr?«, fragte Tom mit heiserer Stimme.

»Nein, bitte gib mir eine kleine Pause.«

»War es so schlimm?«

»Nein, Tom, im Gegenteil, es war wahnsinnig! Noch nie im Leben habe ich so ein Gefühl in mir gespürt. Ich dachte, ich würde verrückt vor Geilheit, und dann kam endlich diese Explosion. Es war der Wahnsinn, unbeschreiblich!«

»Und was machen wir nun mit mir? Mein Schwanz hält es nicht mehr aus, wo soll ich abspritzen? In deine Fotze geht nicht, die Hand bleibt noch drin. Also Helen, mach einen Vorschlag.«

Da erst bemerkte sie, dass er die ganze Hand in sie hineingedrückt hatte. Wieder verspannte sich ihr ganzer Körper, und der gewaltige Druck in ihr, der von seiner Hand ausging, verstärkte sich noch mehr.

»Sie ist so dick, Tom, oh, sie dehnt mich, oh Tom, das ist kein angenehmes Gefühl. Kannst du sie nicht rausziehen?«

»Nein, ein wenig bleibt sie noch drin. Das ist am Anfang immer so, Helen. Aber wenn ich es ein paar Mal gemacht habe, macht es dir nicht mehr so viel aus. Dann verstärkt es nur noch deinen Orgasmus, und du wirst mich anbetteln, dich zu fisten.«

»Mich zu *was*?«

»Bei uns in Australien nennt man es *fisten*, wenn ein Mann einer Frau die ganze Hand in die Fotze oder den Arsch steckt. Im Moment halte ich meine Finger gerade, aber warte mal, jetzt, ja, jetzt ...«

Ein Aufschrei von Helen unterbrach Tom.

»Siehst du, Helen, jetzt hast du gespürt, wie es ist, wenn ich in dir eine Faust mit meinen Fingern mache.«

»Das ist zu stark, dieses Gefühl ist zu heftig«, wimmerte Helen, um sofort wieder einen Schrei auszustoßen, den man sicher in der ganzen Schrebergartenkolonie hören konnte. Tom hatte mit seiner linken Hand ganz leicht ihren Kitzler massiert, und während sie gejammert hatte, hatte sie wieder ein gewaltiger Orgasmus überwältigt. Die Faust in ihr hatte ihr Weiteres dazugetan.

Helens Körper zitterte. Sie strampelte mit den Beinen, wand sich und jammerte. Sie trommelte mir ihrer freien Hand auf den Hintern von Tom und schrie ihre Wollust hinaus. Es dauerte lange, bis dieser Orgasmus ihren gesamten Körper durchflutet hatte und seine Wirkung langsam abklang.

Erschlafft lag Helen unter Tom und hatte die vier Finger ihrer rechten Hand noch immer tief im Arsch von ihm. Während sie ihren Orgasmus erlebt und durchlebt und laut hinausgeschrien hatte, hatte er seine Arschbacken und sein Arschloch zusammengekniffen und ihre Finger so in ihrem dunklen Verlies festgehalten.

Lange hielt er es jetzt aber nicht mehr aus. Er musste explodieren und zwar schnell. So zog er seinen Hintern weg von ihren Fingern, die auf ihr Gesicht fielen. Helen regte sich nicht, sie spürte noch leichte Durchflutungen des eben erlebten Orgasmus und wollte sich diesen Gefühlen ganz und gar hingeben.

Immer noch kniete er über ihr, war nur ein wenig nach hinten gerutscht, sodass jetzt sein Schwanz über ihrem Gesicht hing.

»Es wird schnell gehen, Helen, ich platze gleich. Komm, gib mir deine Zunge. Steck sie so tief, wie du nur kannst, in den kleinen Spalt, fester, Helen, saug mich, schneller, schneller Helen, saug mich aus!«

Seine Stimme überschlug sich fast, und die Hand, die in ihr steckte, ruckte hin und her. Helen glaubte zu platzen.

»Jetzt, Helen, jetzt kommt es. Schluck, Helen, schluck!«

Tom warf den Kopf in seinen Nacken und sein ganzer Körper zuckte, als es ihm kam. Sein Schrei übertraf den Schrei, den Helen eben ausgestoßen hatte, um ein Vielfaches.

Helen schluckte und schluckte und schluckte. Sie würgte sein Sperma ihren Rachen hinunter, konnte aber nicht verhindern, dass ihr dieses Mal ein Teil des zähen Ergusses aus ihrem Mund lief. Wieder quollen ihr die Augen fast über, bis sich sein Schwanz in ihrem Mund ganz entleert hatte.

Tom beugte sich zu ihr hinunter und sah, wie ihr ein Teil seines Spermas aus dem Mund rann. Mit seinem Finger schob er es wieder hinein.

»Du wirst alles von mir schlucken, alles. Hast du mich verstanden?«

Helen konnte nur nicken. Seine Eichel in ihrem Mund verhinderte, dass sie ihm antworten konnte.

Und wie immer, wenn sie dachte, dass sein Schwanz jetzt endlich leer wäre, kam noch ein Schwall hinterher. Aber dieses Mal war sie darauf vorbereitet und ließ nichts danebenlaufen. Er schmeckte lange nicht mehr so salzig, wie beim ersten Mal. Eigentlich hatte ihr das salzige Sperma besser geschmeckt als dieses fade Zeug.

Warum nur reagierte ihr Körper sofort, wenn er diese Dinge mit ihr tat? Warum konnte sie jetzt nicht einfach aufstehen, ihm ihre Wut ins Gesicht schleudern und dann für immer gehen? Warum ließ sie ihn das alles mit ihr machen? Warum nur erlaubte sie ihm alles?

Sie wusste warum. Bevor sie weiter darüber nachdenken konnte, rieb seine Faust in ihr genau an dem Punkt, an dem ein weiterer großer Orgasmus seinen Anfang nahm. Ihr Atem ging schneller, ihr Körper verspannte sich, ihre Hände krallten sich in das Bettlaken, bis die Gelenke weiß wurden, und als sie aufhörte zu atmen, sog er an der Spitze ihres Kitzlers und löste so eine gewaltige Explosion in ihrem ganzen Körper aus.

Wieder schrie Helen. Sie schrie und schrie und hatte ihren Körper nicht mehr unter Kontrolle. Warf sich hin und her, schlug mit ihren Armen um sich und ließ die Woge, die über sie hereinbrach, zu. Ließ sie durch ihren Körper wandern und erlaubte, dass sie jeden Nerv traf, um so das Lustgefühl noch mehr zu steigern.

Es dauerte dieses Mal noch länger, bis sich Helen von dem Orgasmus erholte, bis sie wieder klar denken konnte.

Für dieses Gefühl würde sie alles tun!

***

Tom kniete noch immer über ihr und hatte ihr dabei zugesehen, wie sie in ihrer Wollust alles um sich herum zu vergessen schien. Noch nie zuvor hatte eine Frau ihm den Orgasmus so vorgeführt. So vorgelebt und erlebt. Er war überwältigt.

Er entschied, dass es für heute genug wäre und zog langsam, damit sie jeden Millimeter davon spüren konnte, seine Faust aus ihrer Fotze.

***

Helen stöhnte laut auf. Der Dehnungsschmerz war einfach zu stark. Jetzt, wo die Lust abflaute, fühlte sie alles umso deutlicher, umso intensiver.

»Gleich ist es vorbei«, flüsterte Tom. »Sei noch ein bisschen tapfer. Du musst dich entspannen, dann geht es leichter – für mich und für dich.«

Helen versuchte, sich zu entspannen, aber das war leichter gesagt, als getan. Vor allen Dingen, als er mit seiner ganzen Hand heraus wollte. Das letzte Stück war am schwierigsten, und Tom entschied, seine Hand mit einem Ruck herauszuziehen.

Wieder schrie Helen auf. Dieses Mal war es nicht die Lust, die sie zum Schreien brachte, dieses Mal war es der immense Dehnungsschmerz.

»Es ist vorbei, pst, sei still. Alles ist gut.«

Lange lagen beide eng aneinandergeschmiegt auf der schmalen Bettcouch.

***

»Darf ich morgen wiederkommen?«, fragte Helen leise.

Wieder dieser ängstliche Blick von ihr, dem Tom nicht widerstehen konnte.

»Natürlich kommst du morgen wieder. Ich habe doch

gestern Spielzeug für uns gekauft. Das haben wir heute gar nicht benutzt.«

»Spielzeug?«, fragte Helen unsicher.

Er nahm sie zärtlich in seine starken Arme.

»Ja, mein Liebes. Wir werden sehr viel Spaß damit haben.«

In ihren Augen las er, dass sie sich fürchtete. Er wollte aber nicht, dass sie aus Angst vor dem Unbekannten, das sie beim ihm erwartete, nicht mehr kommen würde.

»Heute war es ein besonderer Tag für dich. Du hast gespürt, wie Dehnungsspiele sein können. Morgen wird es sehr viel leichter. Das verspreche ich dir. Du wirst es genießen.«

Er hob ihren Kopf, sah ihr tief in die Augen und küsste sie zärtlich.

»Bis morgen, meine liebe Helen. Ich freue mich auf dich.«

»Ich freue mich auch auf dich.« Helen lächelte. Dann glitt ihr Blick suchend durch das Zimmer. »Wo ist mein Kleid?«

»Ich glaube, ich habe es draußen gelassen. Komm, wir holen es.«

»Aber ich bin nackt!«

Tom lachte. »Na und? Mir macht es nichts aus.«

Dann lachte auch Helen und beide gingen nackt zu dem Busch, über den Tom ihr Kleid geworfen hatte.

Nachdem Helen es angezogen hatte, küssten sie sich noch einmal ganz zärtlich. Dann gab Tom ihr einen Klaps auf den Hintern und schob sie durch das Gartentor nach draußen.

»Bis morgen, Helen.«

»Bis morgen, Tom.«

»Wehe, du trägst morgen ein Höschen!«

»Werde ich nicht tun.«

Helen wusste, sie war ihm hörig. Und eins war ganz sicher: Sie würde auf jeden Fall wiederkommen!

Kapitel 9

Helen war wieder zu Hause. Der Anrufbeantworter leuchtete auf, was bedeutete, dass sie mindestens einen Anruf während ihrer Abwesenheit bekommen hatte. Sie legte sich auf ihren Diwan im Schlafzimmer und träumte von dem, was sie heute erlebt hatte, was Tom mit ihr getrieben hatte ... Schamesröte verbreitete sich auf ihrem Gesicht.

War das alles wirklich normal?

Und war es normal, das Sperma eines Mannes zu schlucken? Helen wollte nicht weiter darüber nachdenken. Viel lieber erinnerte sie sich an die Dinge, die ihr zu diesen wunderbaren, erfüllenden Orgasmen verholfen hatten.

Seine zärtlichen Lippen oder seine wissenden Finger – wenn sie nicht gerade in ihr steckten und ihr Schmerzen bereiteten. Was Helen wunderte, war, dass die Schmerzen in Kombination mit einem Orgasmus diesen noch zu verstärken schienen. Und während ein Orgasmus sie durchflutete, spürte sie überhaupt keine Schmerzen mehr.

Helen stöhnte laut auf. Was tat sie denn schon zu Hause? Warum war sie nicht noch ein wenig geblieben?

Tom hatte Angst, sie würde wund werden, aber Helen spürte nichts davon.

***

In dem festen Glauben, ihre Tochter sei schwanger, verging keine Stunde, in der ihre Mutter nicht anrief und fragte, wie es Helen ginge. Helen, die keine Ahnung von den Gedankengängen ihrer Mutter hatte, reagiert leicht genervt.

»Was ist nur los, Mum? Du behandelst mich wie ein kleines Mädchen. Mir geht es gut, meinem Fuß geht es auch wieder besser. Ich fühle mich gesund!«

Doch ihre Mutter ließ nicht locker. »Welches Zimmer hattet ihr vor, als Kinderzimmer zu nutzen?«

Oder es kam die Frage: »Hast du dir eigentlich schon ein Entbindungskrankenhaus ausgesucht, falls du schwanger bist?«

Oder Helen wurde gefragt: »Möchtest du lieber ein kleines Mädchen oder einen kleinen Jungen?«

Helen, die in ihren Gedanken viel zu sehr mit Tom beschäftigt war, begriff überhaupt nicht, was ihre Mutter von ihr wollte.

Ihre Antwort auf all die Fragen ihrer Mutter war stets: »Wenn es soweit ist, werde ich mir darüber Gedanken machen. Noch ist es aber lange nicht so weit!«

Ihre Mutter schien ihr nicht zu glauben und fragte und nervte unentwegt weiter.

Selbst Laura ließ ihr keine Ruhe. Helens Mutter hatte wohl auch sie darüber unterrichtet, dass Helen sehr wahrscheinlich schwanger sei und deshalb so oft an die frische Luft ging.

»Geh doch wenigstens mit Laura spazieren. Ich mache mir immer solche Sorgen, wenn du allein durch diesen Wald gehst. Man weiß ja nie, was da so alles passieren kann.«

Laura war jedoch kein Typ, der gern durch einen Wald ging. Auch nicht für ihre beste Freundin Helen.

Und Helen wäre geschockt gewesen, wenn Laura darauf bestanden hätte, sie zu ihren täglichen angeblichen Spaziergängen zu begleiten. Sie stellte sich vor, wie sie mit ihrem Wagen auf den Parkplatz führe und noch bevor Tom merken würde, dass sie nicht allein im Auto säße, hätte Laura schon seine offene Hose mit dem erigierten Glied entdeckt. Es war unmöglich, sich vorzustellen, was dann passieren würde …

Laura würde bestimmt so laut um Hilfe rufen, dass alle, selbst die Menschen, die kilometerweit entfernt wären, ihr zu Hilfe eilen würden. Selbstverständlich würde Tom in seinem Schrebergarten entdeckt werden, und selbstverständlich würde Laura ihn identifizieren.

Helen wollte es sich lieber nicht weiter ausmalen, was passieren würde, wenn ... Sie war einfach nur froh, dass Laura davon absah, sie zu begleiten.

Auch Dennis, angesteckt durch seine Schwiegereltern, stellte ihr immer wieder komische Fragen. Bis es Helen zu viel wurde.

»Was ist los, Dennis? Du und meine Mutter, ihr habt nur noch ein einziges Thema: nämlich, dass ich schwanger sein könnte. Ich bin es aber nicht!«

Doch Dennis ließ sich nicht so leicht abwimmeln, für ihn zählten wohl die Fakten. »Wann hattest du das letzte Mal deine Periode?«

»Letzte Woche.«

***

Und Dennis erinnerte sich. Seine Geliebte und seine Ehefrau hatten fast gleichzeitig ihre Periode. Es war daher unmöglich, dass seine Frau schwanger war.

»Sagst du deiner Mutter, dass du nicht schwanger bist? Ich kann ihr doch schlecht sagen, dass du erst letzte Woche deine Tage hattest, Helen.«

Dabei wurde er rot.

»Natürlich. Beim nächsten Mal, wenn das Telefon läutet, ist das der erste Satz, den ich in den Hörer rufen werde!«

Beide lachten.

***

»Gehen wir schlafen und sorgen dafür, dass es vielleicht doch bald ein Enkelkind für deine Eltern gibt?«, fragte er sie neckisch.

Nun war es Helen, die errötete. Nie zuvor hatten sie und Dennis so offen über diese Dinge gesprochen.

Als sie später nebeneinander im Bett lagen, hätte sie sich so gern in seine Arme geschmiegt.

Als er sich vor einer Viertelstunde auf sie gelegt hatte, um seinen Penis in sie einzuführen, hätte sie am liebsten die Nachttischlampe wieder angemacht und ihm dabei zugesehen. Hätte ihre Beine weit für ihn gespreizt und sie an ihre Brust gezogen, so wie Tom es ihr gezeigt hatte. Außerdem hätte sie gern einmal den Schwanz von Dennis in ihrer Hand gespürt, seine Vorhaut vor- und zurückgezogen und in der kleinen Spalte am oberen Ende seiner Eichel geleckt und nach seinen ersten Liebestropfen gesucht.

Ob er genau so schmeckte wie Tom?, hatte sie sich gefragt und sich erschrocken.

Was würde Dennis sagen, wenn sie sich vor ihm bücken würde, damit er an ihrem Hintern lecken könnte? Würde er sich nicht angeekelt von ihr abwenden, wie sie sich das erste Mal von Tom abwendete?

Ob er es auch mochte, sie zwischen ihren dicken Schamlippen zu küssen? Mit seinen Fingern ihren Kitzler zu massieren, bis sie vor Lust schrie? Oder ob es ihm gefiel, seine Finger tief in ihre Vagina zu stecken?

All diese Gedanken schwirrten durch ihren Kopf, während Dennis sich auf und in ihr bemühte. Sein Sperma tief in sie hineinspritzte, um dem Wunsch seiner Schwiegereltern, hauptsächlich seiner Schwiegermutter, nachzukommen und Enkelkinder zu zeugen. Mit Lust hatte das wahrlich nichts zu tun gehabt.

***

Dass Dennis sehr viele ausgefallene Sexualpraktiken ausübte, konnte sich Helen bestimmt nicht vorstellen. Gut, dass sie nicht wusste, dass Dennis sich regelmäßig von seiner Freundin Jenny bestrafen ließ und dabei höchsten Genuss empfand.

Dass Jenny ihn auf seinen ausdrücklichen Wunsch hin als ihren Sklaven behandelte, und dass sie ihn an einer Leine auf allen vieren wie einen Hund in der Wohnung spazieren führte.

Dass Jenny ihm kleine Nadeln in seine erigierte Eichel piekste und er vor Wollust dabei stöhnte. Oder, wenn er den Hund spielen musste, sein Hinterteil mit einem aufblasbaren Penis bestückt war, der sein kleines, enges Loch fast zum Bersten ausfüllte.

Oder dass Jenny ihn auf einen gynäkologischen Stuhl band, seine Beine weit gespreizt und so weit nach hinten gebogen, wie nur möglich. Dass sie ihm dabei einen Schlauch in seine Harnröhre einführte, wobei er jedes Mal fast den Verstand verlor. Denn Jenny tat es nicht etwa schnell, sondern Millimeter um Millimeter, bis Dennis um Gnade winselte.

Oder dass sie Dennis auf einen hölzernen Bock setzte, auf dem ein Riesenpilz war, der nur mit größter Anstrengung in sein Hinterteil passte und der unter ihm vibrierte, sodass Dennis fast ohnmächtig wurde.

Dass Jenny ihm Klammern, die durch Ketten miteinander verbunden waren, auf seine Brustwarzen, seine Eichel und an seine Eier steckte, und die, mit einer Leine verbunden, als Hundeleine dienten. Sowie er ihr nicht schnell genug auf allen vieren durch ihre Wohnung folgte, riss sie kurz an dieser Leine und verursachte so höllische Schmerzen an den betroffenen Körperteilen.

Was Dennis am meisten liebte, war, wenn Jenny mal wieder nicht mit ihm zufrieden gewesen war und ihn als Strafe auf dem gynäkologischen Stuhl festband. Wenn sie dann eine ihrer Peitschen holte und ihn damit zwischen seine weit gespreizten Beine schlug. Dann glühten nicht nur sein Hinterteil, seine Eier und sein Schwanz, dann glühte der gesamte Körper von Dennis. Für ihn waren diese Schmerzen Lust pur. Als Dank erlaubte Jenny ihm dann, dass er seinen Schwanz entweder in ihren fetten Arsch oder in ihren breiten Mund entleeren durfte. In ihre Fotze durfte er nie abspritzen.

Ganz am Anfang einmal hatte er in seiner grenzenlosen Wollust versucht, seinen Schwanz zwischen ihre fetten Oberschenkel in ihre Fotze zu drücken. Mit Mühe und Not hatte Jenny dies in letzter Sekunde verhindert und ihn dafür hart bestraft.

Danach hatte Dennis es nie mehr probiert.

Kapitel 10

Helen hatte ihr Auto dieses Mal am äußersten Ende des Parkplatzes abgestellt. Falls Tom wieder eine Überraschung parat hätte, wären sie so vor neugierigen Blicken geschützt. Aber zu ihrer großen Enttäuschung war von Tom weit und breit nichts zu sehen. Langsam ging sie auf die Schrebergärten zu und erwartete eigentlich, dass er sie gleich überraschen würde. Aber er kam nicht.

Bei seinem Garten angekommen, wartete er noch nicht einmal am Gartentor. Erst als Helen kurz vor dem kleinen Holzhäuschen war, trat er aus der Tür heraus. Splitterfasernackt stand er dort und sein mächtiger, erigierter Schwanz glänzte in der Sonne. Steif ragte er an seinem nackten Leib entlang und Helen spürte, wie sie zwischen ihren Beinen feucht wurde.

»Guten Morgen, meine Schöne, gut, dass du endlich da bist.«

Er kam ihr entgegen, und sie ließ sich willenlos vom ihm umarmen.

»Es ist schön, bei dir zu sein«, flüsterte sie erregt. »Du machst mich ganz heiß auf dich.«

»Aber ich habe noch gar nichts gemacht«, antwortete er ebenso erregt. »Komm, gehen wir ins Haus.«

Vor der ersten Stufe, die doppelt so hoch war wie die anderen, blieb Helen abrupt stehen. Sie musste daran denken, was er gestern dort mit ihr gemacht hatte, und ihr Körper fing an zu zittern.

Tief schaute Tom ihr in die Augen, und so, als ob er wüsste, dass sie nur darauf wartete, von ihm genommen zu werden, streifte er ihr mit einer hastigen Bewegung das dünne Kleid über ihren Kopf.

»Wo ist denn dein Höschen?« Seine Stimme klang dunkel, erregt durch ihren nackten Anblick.

»Du hast doch gestern gesagt, ich sollte keins mehr anziehen. Also bin ich so gekommen, wie du es von mir erwartet hast.«

»Braves Mädchen. Komm, lass uns ins Haus gehen.«

Wie von Helen erwartet, kaum dass sie ihr linkes Bein angehoben hatte, um die erste, extrem hohe Stufe der Treppe zu erklimmen, fühlte sie, wie er ihr seinen kräftigen Mittelfinger langsam und ganz tief in ihre weit gespreizte Fotze schob.

Helen stöhnte laut auf und schmiegte sich an seinen starken Oberkörper, der mit kleinen Schweißperlen überzogen war.

»Nicht gut?«, fragte Tom neckisch.

»Doch, sehr gut!«

Helen wollte den rechten Fuß nachziehen, aber Tom hielt sie zurück. Sie bemerkte seine Geilheit und seinen schnellen Atem. Dann fühlte sie, wie seine große, kräftige linke Hand ihre linke Arschhälfte umfasste und ihren Arsch grob auseinanderriss.

»Au«, schrie Helen auf.

Sofort lockerte er seinen Griff etwas und lächelte sie an. »Es tut mir leid, Helen, aber ich bin heute so scharf auf dich, ich halte es kaum noch aus.«

Sein Finger rührte dabei unruhig in ihrer Fotze hin und

her und erreichte, dass auch Helen immer erregter wurde.

Tom beugte seinen Kopf nach unten zwischen ihre Beine, hielt sie trotzdem fest in seinem linken Arm, der immer noch ihren Arsch weit gespreizt hielt, und ließ seine Zunge hurtig ein paar Mal zwischen ihren dick angeschwollenen äußeren Schamlippen hin und her wandern.

»Ah, ja ... Fester! Bitte Tom, fester! Und nicht aufhören, bitte Tom!«

Helen stöhnte laut auf und in dem Moment schob Tom ihr zwei weitere kräftige Finger tief in ihre Vagina hinein. Ein kurzer, erschrockener Aufschrei von Helen, der aber schnell abebbte und in einem wohligen Gestammel endete:

»Ah, ja ... Tom, fick mich! Fester, Tom, fick mich mit deinen Fingern. Massier meinen G-Punkt, bitte Tom, härter!«

Hatte sie, Helen, Tochter aus gutem Haus, das gerade wirklich gesagt? Hatte sie Tom gerade angefleht, sie zu ficken?

Bevor Helen jedoch weiter darüber nachdenken konnte, erfüllte Tom schon ihre Bitte und fickte sie ein weiteres Mal, schnell und heftig.

***

Plötzlich hörte er abrupt auf. So schnell wollte er ihr den befreienden Orgasmus nicht geben, sondern lieber noch mit ihr spielen. Nicht nur sie war in höchstem Maße erregt, auch er hatte größte Mühe, die Ejakulation seines Schwanzes hinauszuzögern.

Er hob seinen Kopf, richtete sich auf und vergrub sein Gesicht unter ihrer linken Achselhöhle, um dort ihren mittlerweile angesammelten Schweiß abzulecken.

»Hm, du schmeckst gut, Helen, du schmeckst und riechst so gut.«

Seine Zunge wanderte hoch, ihren schlanken Hals entlang, wo die Pulsader wie verrückt hämmerte, hinauf bis zu ihrem linken Ohrläppchen, an dem er begierig sog.

Helen stöhnte noch lauter als zuvor, ihr ganzer Körper zitterte. Und, als ob Tom nur auf diese Reaktion ihres Körpers gewartet hätte, schob er nun auch seinen kleinen Finger zusammen mit denen, die schon in ihr steckten, langsam bis zum Anschlag des Daumens in ihre enge Fotze.

Mit beiden Armen umklammerte Helen den Hals von Tom, um nicht umzufallen, denn ihre Beine waren weich geworden. Das ihr bekannte Dehnungsgefühl, das von ihrer Fotze ausging, erschreckte sie doch noch ein wenig und machte ihr Angst.

»Alles ist gut, du bist wunderbar«, raunte ihr Tom beruhigend ins Ohr. »Du lässt dich wunderbar dehnen, Helen. Du darfst dich nur nicht verspannen. Lass es einfach zu und ich verspreche dir, dass du es nicht bereuen wirst, im Gegenteil.«

Ohne Vorwarnung griff er wieder fester um ihre linke Arschbacke, und zusammen mit seinen Fingern in ihrer Fotze hob er sie hoch und trug sie so ins Haus. Ihren Aufschrei ignorierte er, wusste er doch, dass es ein Schrei der Lust war, den sie aus sich herausließ.

Vorsichtig legte er sie auf die Couch, behielt seine Finger jedoch in ihrer engen Vagina, die feucht und warm war, und in der sich seine Finger wohlfühlten.

Erst hob er ihr linkes Bein an, anschließend das rechte und hielt sie so hoch, wie Mütter es tun, wenn sie ihre Kinder windeln.

»Ich liebe den Anblick deiner Fotze, deiner Schamlippen und deines süßen kleinen Loches zwischen deinen Arschbacken.«

Laut stöhnte Tom auf, beugte sich hinunter und leckte Helen hart und hastig zwischen ihren zusammengepressten Schamlippen.

»Du schmeckst so gut, oh, Helen, du schmeckst nach mehr. Ich will mehr von dir, alles!« Toms Stöhnen wurde lauter, seine Finger glitten noch schneller in ihrer Fotze hin und her.

»Dreh dich um«, fauchte er sie unvermittelt an. »Los, dreh dich um. Streck mir deinen Arsch entgegen, los Helen, mach schon!«

Entgeistert und erschrocken blickte Helen ihn an.

»Dann musst du deine Finger aus mir herausholen«, keuchte sie, da er ihre Beine immer noch fest auf ihre Brust drückte und sie so Mühe hatte, zu atmen.

»Nein, die Finger bleiben drin.«

Tom wurde etwas ruhiger, sein Atem ging nicht mehr so heftig. Endlich löste sich sein Blick von ihrer Scham. Vorsichtig legte er ihre Beine neben sie.

»Leg dich auf die rechte Seite, komm Helen, ich helfe dir.«

Er hob ihr linkes Bein hoch und drehte sie auf die rechte Seite, so weit, dass sie von selbst auf den Bauch rollte. Dabei drehten sich die Finger von Tom in ihr und ein lautes Stöhnen entwich Helens Mund.

»Nun auf deine Knie, heb den Arsch, komm Helen, knie dich vor mich und streck mir deinen Arsch ins Gesicht, mach schon!«

***

Helen befolgte seinen barschen Befehl und kniete sich mit beiden Beinen vor ihn hin. Bei jeder ihrer Bewegungen bewegten sich seine Finger in ihr und bescherten ihr ein ungewohntes, aber sehr erregendes Gefühl, das sich langsam steigerte und auch ihren Kitzler hart werden ließ.

Wieder fasste seine linke, freie Hand ihre linke Arschbacke und zog ihre beiden Hinterteile so weit wie möglich auseinander.

»Du hast ein wunderschönes, enges Arschloch«, stöhnte er und leckte zart darüber. Immer fester leckte er über die kleinen Runzeln, die er gleich dehnen und strecken und somit glatt und geschmeidig machen wollte.

Ein Zittern lief über Helens Körper. Scham und Ekel zugleich überkamen sie, aber auch eine immer größer werdende Erregung, die sie kaum noch aushalten konnte.

»Fick mich, Tom! Bitte, fick mich! Ich halte es nicht mehr aus!«, rief sie stöhnend, und ihr Atem keuchte. Hatte sie das wirklich gerade gesagt? Hatte sie wirklich gerade wieder diese schmutzigen Worte benutzt? Aber sofort wurde sie abgelenkt von dem, was Tom mit ihrem nur allzu willigen Körper machte.

»Gleich, Helen, gleich, warte noch ein wenig, gleich wirst du den gewaltigsten Orgasmus erleben, den du je hattest.«

***

Langsam zog Tom nun seine triefenden Finger aus der feuchten, warmen Fotzenhöhle und bohrte seinen großen und kräftigen Mittelfinger sowie seinen Ringfinger, ohne Vorwarnung und so tief er konnte, in das enge Arschloch, das Helen ihm so bereitwillig darbot.

Sie stöhnte laut auf und wollte reflexartig ihren Körper von ihm wegziehen. Aber seine linke Hand um ihr linkes Bein verhinderte, dass sie von ihm frei kam.

»Entspann dich, Helen, bitte entspann dich, dann wird

alles ganz leicht gehen, und es wird wunderbar für dich werden. Aber nur, wenn du dich lockerst.«

Er beugte sich hinunter und leckte noch einmal an ihrem Kitzler und die Spalte zwischen ihren Schamlippen. Und schon legte sich die Anspannung von Helens Körper.

Tom nutzte den Augenblick und rammte ihr die restlichen zwei Finger auch noch in ihr enges Arschloch. Gleichzeitig umfasste er wieder ihren linken Oberschenkel und drückte sie ganz eng an sich, um zu verhindern, dass sie sich von ihm entfernen konnte.

Ein Aufschrei, dann ein lang anhaltendes Stöhnen waren die Reaktionen von Helen, die sich nun ganz seinen vier Fingern in ihrem Arsch ergeben hatte.

Langsam fickte er sie mit diesen Fingern, und ihr Arschloch wurde weicher und weicher, ganz so, wie er es beabsichtigt hatte.

»Du bist wunderbar, Helen, du bist so willig und lässt dich so einfach dehnen.«

Ein leichter Klaps auf ihr linkes Hinterteil sollte ihr bedeuten, dass er sich bedankte. Dann folgte ein etwas härterer Klaps auf die gleiche Stelle ihres Arsches, der Helen aufschreien ließ.

»Ist schon gut, meine Süße, ist schon gut. Du bist klasse, einfach spitze. Und nun leg dich wieder auf den Rücken!«

»Mit deinen Fingern in meinem Hintern?« Ungläubig schaute Helen ihn von unten zwischen ihren Beinen an.

»Ja, mit allen vier Fingern in deinem Arsch. Wir machen es wie eben.«

Schon hob er ihr linkes Bein über seinen Arm und drehte Helen so auf den Rücken.

***

Dann beugte er sich auf die Seite, soweit er konnte und soweit es seine Finger, die immer noch in ihr steckten, zuließen. Von dem Tischchen neben der Couch angelte er sich eine Tüte. Ängstlich beobachtete Helen ihn dabei.

Was hatte er vor?

Aber bevor sie weiter darüber nachdenken konnte, spürte sie, wie er seine Finger kräftig in ihrem After bewegte.

»Wenn du das machst, habe ich das Gefühl, dass ich sie unbedingt hinausdrücken muss«, stöhnte sie auf.

»Wehe, du tust es! Sei froh, dass die Finger drin sind, sonst müssen wir dein süßes enges Loch ja erneut dehnen. Und dann werde ich nicht so vorsichtig mit dir umgehen.«

***

Wieder dieser erschrockene Blick aus ihren weit aufgerissenen Augen, der ihn so antörnte und seinen Schwanz, und vor allen Dingen seine Eichel, noch mehr anschwellen ließen.

Während er etwas aus der Tüte herausholte, beugte er sich vor, damit sie nicht sehen konnte, was es war. Dann griff er unter ihren Kopf und zog das Kopfkissen, auf dem ihr Kopf lag, hervor, sodass der Kopf nun tiefer lag und sie nicht mehr beobachten konnte, was er mit ihrer Fotze und ihrem Arschloch vorhatte. Dann schob er das dicke Kissen unter ihren Hintern. Genau vor seinen Augen war nun ihr Arsch. Tom genoss den geilen Anblick. Es törnte ihn ungemein an, seinen Fingern zuzusehen, wie sie Helens Arschloch langsam dehnten.

Laut stöhnte er auf, um dann seinen Schwanz ganz tief in ihre Fotze zu rammen. Heftige Stöße, die abrupt damit endeten, dass er seinen Schwanz, der nun umhüllt war mit ihrer Fotzenflüssigkeit, wieder aus ihr herauszog. Gleichzeitig hatte er zwei seiner Finger aus ihrem Arsch entfernt und mit den restlichen zwei, Zeigefinger und Mittelfinger, dehnte er das kleine Loch soweit er konnte und setzte nun den triefenden Schwanz genau dort an. Mit einem kräftigen Stoß schob er seine gewaltige Eichel in das enge Loch und zog die restlichen zwei Finger heraus.

***

Helen schrie auf. Der Schmerz, der sie befiel, war unbeschreiblich, wurde aber sofort von der Geilheit verdrängt, die Tom durch das Reiben ihres Kitzlers zwischen seinem linken Daumen und Zeigefinger hervorgerufen hatte. Ihr Körper bäumte sich von diesem ungeheuren Gefühl auf und erlaubte es Tom so, seinen Schwanz ohne große Mühe tief in ihren Arsch zu drücken.

***

Helen schrie erneut auf, ihr Körper wand sich, ihre Beine traten auf die Couch, und ihre Augen verrieten Tom, dass sie dem Wahnsinn nahe war. Aber noch gab er ihr nicht die ersehnte Erlösung. Noch wollte er sie in ihrer Erregung lassen, um weitere Geilheit in ihr zu entfachen, falls das überhaupt möglich war. Sie sollte ihn um den Orgasmus anflehen, anbetteln, und noch einmal bekräftigen, dass sie für diese Erfüllung alles tun würde, einfach alles, um was er sie bitten würde.

Aber er musste langsam machen, denn auch sein Schwanz war in eine Erregung gekommen, die kaum noch unter Kontrolle zu halten war. Sein Atem ging schneller und sein Körper erzitterte unter der Lust, die ihn befallen hatte.

Helens Körper beruhigte sich langsam, ihr Atem ging nicht mehr so heftig wie noch zuvor.

»Solange du dich entspannst, Helen, solange wird es dir keine Schmerzen bereiten. Ich will dir nicht weh tun, aber du musst mitmachen und bei allem, was ich mit dir anstelle, so locker wie möglich bleiben. Dann erst kannst du es auch genießen, okay?«

Helen nickte.

Noch fehlte ein gutes Stück des dicken Schwanzes von Tom. Er war längst nicht so tief in Helen wie er es vorhatte. Also begann er wieder mit ihrem Kitzler zu spielen, nicht zu heftig, denn er wollte nicht, dass sie explodierte.

Als Helens Körper sich zusehends entspannte, ihr Atem sich noch mehr verflachte und ihr Kitzler sich kurz vor dem Abspritzen befand, schob Tom seinen Schwanz bis zu seinen Eiern in ihren Arsch, in die dunkle, enge Grotte, die ihn warm umhüllte. Dieses Mal schrie Helen nicht, nur ihre weit aufgerissenen Augen verrieten ihren Schmerz.

»Helen«, mahnte er. »Du warst wieder nicht entspannt. Aber das Schlimmste für dich ist überstanden, nun kommen die Freuden, auf die du so geduldig und gehorsam gewartet hast.«

Tom nahm das Spielzeug, das er eben aus der Tüte genommen hatte, und versuchte, es in ihr Fotzenloch zu drücken. Wieder ein erschrockener Aufschrei von Helen.

»Was ist das?« Ängstlich flüsterte sie diese Worte.

»Es sind Lustkugeln, aufgereiht an einer metallenen Schnur. Man nennt sie auch Liebesperlen. Kleine Kugeln, die dir den intensivsten Orgasmus bereiten werden, den du je erlebt hast, meine kleine Helen. Sie werden nicht nur dir Freude bereiten, sondern auch meinem Schwanz. Denn während sie deine Fotzenhöhle von innen massieren, massieren sie auch meinen Schwanz in deinem Arsch.«

***

Das Wort »Kugel«, das Tom benutzt hatte, nahm Helen ihre Angst. Sofort entspannte sie sich und öffnete ihm ihr kleines Fotzenloch etwas, um das Hineinschieben der Kugeln zu erleichtern.

»So ist es gut, so ist es richtig«, sagte er besänftigend und drückte die erste Kugel tief in sie hinein.

Helen wollte aufschreien, denn mit dieser Größe hatte sie nicht gerechnet. Tief atmete sie durch, denn nun, wo die Kugel in ihr war, fühlte es sich gut an. Schon spürte sie, wie Tom eine neue in sie hineinschieben wollte und spreizte ihre Beine weit auseinander, um es ihm und ihr leichter zu machen.

Tom lächelte.

Hatte Helen geglaubt, dass mit zwei Kugeln Schluss wäre, so hatte sie sich gründlich geirrt. Kaum war die zweite in sie eingedrungen, fühlte sie, wie Tom die dritte an den Eingang ihrer Vagina hielt. Mittlerweile spürte sie auch den Druck, der sich tief in ihrer Vagina aufbaute.

»Wie viele willst du denn noch in mich hineinschieben?«

Tom wich ihrem ängstlichen Blick aus. »Gleich sind alle drin, bitte bleib so entspannt wie bisher. Gleich wird es wunderschön für dich.«

»Aber es fühlt sich zu viel an, schon jetzt«, jammerte Helen.

***

Ein zorniger Blick von Tom ließ sie verstummen und noch zwei weitere Kugeln in sich aufnehmen. Wie zum Bersten vollgestopft, keuchte sie auf der Couch. Tom konnte sich nicht sattsehen an den prall gefüllten Löchern, die vor ihm lagen. Eine kleine Kette ragte aus ihrer Fotze heraus. Mit dieser Kette konnte er die Liebeskugeln in ihr hin und her bewegen.

»Versuch, deine Beine nach hinten zu ziehen, ganz weit.«

Der Ton seiner Stimme ließ sie sofort gehorchen, aber der Druck in ihr verstärkte sich bestimmt durch diese Haltung. Laut stöhnte sie auf und bemerkte so erst nicht, wie Tom die Kugeln in ihr hin und her schob und wie sein Schwanz sich heftig in ihrem Arsch bewegte.

Immer schneller zog Tom an den Kugeln. Immer intensiver massierte er ihren Kitzler und immer heftiger und tiefer stieß sein Schwanz in das dunkle schwarze Loch vor ihm. Gleich würde er abspritzen, so tief, wie er noch nie in einer Frau abgespritzt hatte. Seine Bewegungen mit den Lustkugeln wurden unkontrollierter, hastiger ...

***

Und dann spürte Helen, wie sich etwas Gewaltiges im tiefen Inneren ihrer Vagina anbahnte. Ein Gefühl, wie sie es noch nie erlebt hatte, das langsam von ihr Besitz ergriff. Etwas, das das gesamte Innere ihrer Vagina ausfüllte und sich ausbreitete, bis in ihre kleinsten Nervenbahnen und dann langsam bis in ihre großen Schamlippen. Das ihren Kitzler erreichte, ihn explodieren ließ mit einer Macht, die jede Faser und jeden Nerv ihres Körpers durchflutete und erschauern ließ. Sie bäumte sich auf, warf ihren Kopf hin und her und wusste nicht, wohin mit all ihrer Wollust.

Der Raum war erfüllt von ihrem und seinem Stöhnen.

***

Denn auch Tom war gekommen. Ganz tief in ihrem Arsch hatte er das Sperma aus seiner Eichel in sie entleert. Und noch einmal presste er seine Arschbacken so fest er konnte zusammen und förderte so auch den letzten Rest davon tief in sie hinein. Genau wie Helen, ließ er das unbändige Gefühl der Wollust durch seinen Körper rauschen und genoss jede Sekunde davon. Erst als es nachließ, kam er wieder zur Besinnung.

Ungläubig schaute er hinunter auf ihre weit gespreizten Beine. Dass sie ihn so freiwillig aufgenommen hatte in ihre engste Höhle! Dass sie sich kaum beklagt hatte, sondern alles getan hatte, was er von ihr verlangt hatte!

Noch konnte er seinen Schwanz nicht aus ihr herausziehen, wollte die wohlige Wärme, die ihn dort umhüllte, voll auskosten. Auch hatte er vor, ihren Anblick so lange, wie sie es ihm erlaubte, zu genießen.

***

Langsam beruhigte sich Helens Körper, ihr Atem wurde gleichmäßig, und sie kam langsam wieder auf den Boden der Tatsachen zurück.

»Das war fantastisch, Tom. Das war mächtig, übermächtig, ach Tom ...« Sie hatte es so leise geflüstert, dass er es kaum hören konnte. Er beugte sein Gesicht direkt über ihres und küsste sanft ihre Lippen. Nur ganz zart und nur kurz, dann sank er über ihr zusammen, sein Schwanz noch immer tief in ihr.

Ein lautes Stöhnen entrang sich ihren Lippen und sie versuchte, ihn von sich zu stoßen.

»Tom, die Kugeln und dein Schwanz erdrücken mich von unten her und nun auch du von oben, das halte ich nicht aus.«

Schnell erhob er sich. Sie hatte recht, das war zu viel.

***

Er befühlte ihren jetzt schlaffen Kitzler, aber Helen schob seine Hand weg. »Tom, das war so ein absoluter Orgasmus. Bitte lass es für heute genug sein und mich diesen für den Rest des Tages spüren und genießen.«

Erst wollte Tom heftig widersprechen, aber dann sah er ein, dass sie recht hatte. Vor einigen Minuten hatte sie so etwas Gewaltiges erlebt, das sie erst einmal verarbeiten musste. Er konnte sie verstehen.

Langsam zog er eine Lustkugel nach der anderen aus ihrer Fotze. Jedes Mal, wenn sich eine davon durch die enge Öffnung zwängte, stöhnte Helen. Aber es war kein schmerzhaftes Stöhnen, eher das Stöhnen der nachklingenden Lust.

Dann zog Tom langsam, jeden Zentimeter genießend, seinen großen Schwanz aus ihrem engen Arsch. Da klang ihr Stöhnen schon lauter und heftiger, aber sie protestierte nicht.

***

Eine Zeitlang lagen sie einfach nur nebeneinander und hingen ihrem eben Erlebten nach. Ab und zu durchlief Helen ein wohliger Schauer, begleitet von einem genießerischen und extrem wohligen Stöhnen. Dann schlief sie ein.

***

Als sie erwachte, wurde es langsam dunkel draußen, und Helen erschrak.

»Wie spät ist es?«, rief sie.

»Halb acht«, antwortete Tom ruhig neben ihr.

Schnell stand Helen auf und stieß hervor: »Wo ist mein Kleid?«

Sie war in Panik.

Was, wenn Dennis schon zu Hause war?

Tom reichte es ihr, und Helen zog es schnell über ihren Kopf, konnte dabei aber nicht verhindern, dass Tom ihre beiden kleinen Brüste in seine Hände nahm und zärtlich abwechselnd an ihren Nippeln saugte.

»Nicht jetzt Tom, bitte. Es ist schon so spät. Hoffentlich gibt es keinen Ärger zu Hause.«

»Kommst du morgen wieder?«

Sie nickte leicht und lief davon. Am Gartenzaun drehte sie sich noch einmal kurz um, nahm seine kräftige Gestalt in sich auf und rannte zu ihrem Auto.

Als sie durch den Straßenverkehr flitzte, glaubte sie noch immer, seinen harten Schwanz und die Lustkugeln in sich zu spüren.

Sie lächelte.

Kapitel 11

Gott sei Dank war ihr Mann noch nicht zu Hause, als sie ihr Auto in der Garage parkte. Sein Parkplatz neben ihr war noch leer.

Im Haus angekommen, leuchtete der Anrufbeantworter und hatte mal wieder jede Menge Nachrichten von ihrer Mutter, ihrem Vater, Laura und auch Dennis drauf.

Sie spulte über die Nachrichten ihrer Eltern und Laura, und hörte sich erst einmal an, was Dennis zu sagen hatte: »Es kann sein, dass es heute Abend wieder spät wird und ich im Club übernachte. Schlaf schön, mein Liebling. Bis morgen.«

Helen war erleichtert.

Sie legte sich auf den Diwan und dachte an die vergangenen Stunden. An das, was Tom mit ihr gemacht hatte und an die Schmerzen, die er ihr bereitet hatte. Aber es war seltsam, sie spürte diese Schmerzen immer nur sehr kurz, für einen kleinen Augenblick und sie waren verschwunden, sowie er mit ihrem Kitzler spielte und damit ihre Erregung ins Unermessliche stieg.

Wohl oder übel musste sie sich aber jede einzelne Nachricht auf ihrem Anrufbeantworter anhören. Ihre Mutter plante wieder einmal, Helen und Dennis für den morgigen Tag zum Mittagessen einzuladen. Helen durchfuhr ein eisiger Schreck. Das ging nicht! Sie hatte Tom versprochen, morgen wiederzukommen! Was für eine Ausrede könnte sie sich nur einfallen lassen?

Laura erzählte lang und breit von der Modenschau, die nächste Woche im feinsten und renommiertesten Hotel der Stadt stattfinden würde. Ob sie Eintrittskarten besorgen sollte oder ob Helen, wie schon die Jahre zuvor, Einladungen erhalten hätte?

Helen erschrak. Seit Tagen hatte sie nicht mehr die Post kontrolliert. Schnell lief sie zum Briefkasten, wo wirklich jede Menge Post vorhanden war.

Helen nahm sich vor, in Zukunft besser an ihre alltäglichen Dinge zu denken. Es konnte nicht sein, dass sie über Tom alles andere vergaß. Dass Sally, die Haushälterin, im schlimmsten Falle ihrem Mann oder ihrer Mutter erzählte, was in ihrem Haus vor sich ging.

Und tatsächlich, Helen fand die Einladung für zwei Personen zu der besagten Modenschau. Da Dennis in der Vergangenheit kein Interesse daran gezeigt hatte, war sie immer mit Laura dorthin gegangen. Die Show sollte am Mittwochnachmittag stattfinden. Irgendwie müsste sie Tom erklären, dass sie an diesem Tag nicht zu ihm kommen konnte, dachte sie, und es tat ihr jetzt schon leid. Viel lieber wäre sie zu ihm gegangen und hätte all diese schönen, schmutzigen Dinge mit ihm gemacht.

Helen wurde aber auch klar, dass es auf Dauer nicht so weitergehen konnte. Irgendwann musste es auffliegen ...

Schnell rief Helen bei Laura an, um ihr zu sagen, dass es mit der Modenschau klappen würde.

»Was machst du nur den ganzen Tag? Du kannst mir nicht erzählen, dass du ständig im Wald herumläufst«, nörgelte sie. »Außerdem sah es heute Nachmittag aus, als ob es jeden Moment regnen würde und trotzdem warst du nicht zu Hause.«

»Woher willst du wissen, dass ich nicht zu Hause war? Warst du hier?« Helen wurde es langsam angst und bange. Daran, dass jemand sie zu Hause besuchen wollte, hatte sie überhaupt noch nicht gedacht.

»Nein, aber ich habe mindestens hundert Mal bei dir angerufen, und du bist nie ans Telefon gegangen«, beschwerte sie sich weiter.

»Ach so, ich habe geschlafen und das Telefon wohl nicht gehört.«

Helen log noch nicht einmal mit dieser Aussage.

»Bist du krank?« Wieder die besorgte Laura, die mütterliche Freundin, die jedoch nur drei Monate jünger als Helen war.

»Nein, liebe Laura. Ich bin nicht krank. Ich habe mich noch nie so gut gefühlt, wie im Moment. Vielleicht sind es ja die Spaziergänge an der frischen Luft, die mich so glücklich und auch müde machen.«

»Ja, das kann natürlich sein. Also gut, Helen, wir gehen dann Mittwochnachmittag zur Modenschau, abgemacht?«

»Abgemacht. Und bitte, mach dir keine Sorgen um mich. Mir geht es blendend!«

Helen atmete tief durch. Fast hätte sie sich in große Schwierigkeiten hineingeritten, aber es schien gerade noch einmal gut gegangen zu sein.

Kaum hatte sie das Gespräch mit Laura beendet, klingelte das Telefon. Es war ihre Mutter, die sofort anfing, Helen die Leviten zu lesen.

»Wo bist du nur immer den ganzen Tag? Seit Wochen

geht das nun schon. Das ist doch nicht normal! Wo treibst du dich herum?«

So war ihre Mutter! Nun ging sie gerade einmal drei Tage angeblich zu Spaziergängen, und ihre Mutter machte Wochen daraus.

»Wie spät war es denn heute, als du endlich nach Hause kamst?«

So schwer es Helen auch fiel ihre Mutter anzulügen, dieses Mal musste es sein. »Ich habe den ganzen Nachmittag geschlafen, Mum. Die Spaziergänge tun mir gut, und dass mein Körper heute so müde war, ist bestimmt nur dadurch zu erklären, dass ich heute schneller gegangen bin als sonst.«

»Warum? Ist dir etwa jemand gefolgt? Bist du vor ihm davongelaufen? Siehst du, ich habe dir ja gesagt, dass es gefährlich ist, allein durch den Wald zu gehen. Ich verbiete es dir!«

Fast hätte Helen laut aufgelacht. Aus dem Alter, in dem ihre Mutter ihr etwas verbieten konnte, war sie längst raus!

»Mir ist niemand gefolgt, Mum, und ich bin auch vor niemandem davongelaufen. Ich hatte heute einfach Lust, etwas schneller zu gehen. Ich habe lange genug jeden Tag zu Hause herumgesessen und nichts gemacht. Damit ist jetzt endgültig Schluss! Begreif das doch endlich, Mum!«

»Kind, wie sprichst du mit mir?«

»Du musst endlich begreifen, dass ich erwachsen bin. Dass ich Dinge tue, die ich für richtig halte, und wenn ich jeden Tag spazieren gehen möchte, dann tue ich das! Und du bist die Letze, die mich davon abhalten kann!«

Ihre Mutter rang nach Luft.

»Morgen ist Freitag«, fuhr Helen weiter fort, »und ich weiß, du möchtest, dass Dennis und ich zum Mittagessen kommen. Ich habe aber morgen keine Zeit! Deswegen kann ich morgen nicht zu dir kommen.«

Ihre Mutter schwieg.

Helen überfiel sofort ein schlechtes Gewissen. Es war wichtig, dass sie ihrer Mutter das mal gesagt hatte. Es war längst überfällig. Trotzdem konnte sie jetzt so nicht auflegen. Deshalb sagte sie einfühlend: »Wenn du willst, dann kommen wir Samstagmittag zu euch.«

»Ihr müsst überhaupt nicht kommen!«, sagte ihre Mutter beleidigt.

»Aber Mum, wir kommen doch gern. Sei doch nicht gleich eingeschnappt. Du musst einfach verstehen, dass ich auch ein eigenes Leben habe und ich kann und möchte dir nicht immer sagen, was ich tue und warum ich es tue. Aber zu deinem Essen kommen wir gern. Es klappt nur nicht morgen«, sagte Helen ruhig.

Ihre Mutter schwieg weiter.

»Na komm schon, Mum. Ich bin erwachsen und gehe eigene Wege. Das hat nichts mit deinem Essen zu tun. Ich lasse mich sehr gern von dir bekochen, glaub mir ...«

»Also gut ... Dann ... am Samstag«, sagte ihre Mutter nach langem Zögern.

»Prima, Mum, bis Samstag.«

Es kam Helen vor, als ob eine Zentnerlast von ihren Schultern gefallen wäre. Sie hatte den morgigen Tag gerettet und sie hatte ihrer Mutter endlich mal gesagt, wie wichtig es ihr war, ihr eigenes Leben zu führen.

Sicher wusste Helen, dass sie sich mit Tom nicht ewig weiter treffen konnte. Doch darüber wollte sie sich in diesem Moment keine Gedanken machen.

Sie war sich sicher, es würde alles gut werden.

Kapitel 12

Helen war zu ihrem Treffen mit Tom gerast. Hatte das Gaspedal so weit nach unten gedrückt, wie sie es noch nie getan hatte. Auf dem Parkplatz angekommen, bemerkte sie, dass sich sehr viele Autos dort befanden. An den Tagen zuvor war sie meist die Einzige gewesen, die ihr Auto dort abgestellt hatte.

Plötzlich sah sie Tom. Er stand auf einmal neben ihrer Fahrertür und lächelte sie an. »Guten Morgen, meine Schöne«, rief er ihr durch die halboffene Fensterscheibe zu. »Fährst du immer so rasant?«

Helen schüttelte den Kopf. »Nein, heute ist es das erste Mal, dass ich so gerast bin. Ich konnte es kaum erwarten, zu dir zu kommen.« Verlegen senkte sie ihren Kopf.

Tom öffnete die Fahrertür, steckte seinen Kopf zu ihr hinein und murmelte etwas Unverständliches vor sich hin.

»Was hast du gesagt?«, fragte Helen ihn, erregt durch seine Nähe.

»Warum ist dein Kleid nicht hochgeschoben? Warum bedeckt es noch deinen schönen Körper? Warum versteckst du ihn vor mir?«

Dunkel funkelten seine Augen Helen an. »Zieh es hoch, so hoch, wie es geht.«

Helen beeilte sich, ihren Sicherheitsgurt zu lösen, um seiner Bitte nachzukommen, aber er hielt ihre Hand fest.

»Der bleibt geschlossen. Zieh dein Kleid so hoch, wie du kannst«, wiederholte er mit zusammengebissenen Zähnen.

Als er sie ansah, wurde sein Schwanz in seiner engen Hose steif und hart.

Helen hob ihren Po etwas hoch und zog ihr Kleid nach oben. Die Angst, dass die Besitzer der anderen Autos vorbeikommen könnten, jagten Schauer über ihren Körper. Einesteils fürchtete sie diese Begegnungen, und andererseits erregte sie der Gedanke.

Tom trat einen Schritt zurück. Dabei bemerkte Helen, dass er eine Tragetüte in der Hand hielt. Doch bevor sie ihn fragen konnte, was es mit dieser Tüte auf sich hatte, sagte er ganz leise und langsam: »Zieh dein linkes Bein hoch. Halte es unter den Kniekehlen fest und strecke es so weit nach außen, wie es nur geht.«

***

Er beobachtete sie dabei, wie sie seinem Wunsch nachkam und ging dann vorn um ihr Auto herum, öffnete die Beifahrertür und stieg zu ihr hinein. Die Tür ließ er weit offen und die Tüte stellte er auf den Boden des Wagens.

Langsam beugte er sich zu ihr hinüber und zog sie, soweit es ihr Sicherheitsgurt erlaubte, in den Sitz hinunter. Dann ergriff er ihr rechtes Bein, zog es unter dem Lenkrad hervor und setzte ihren Fuß auf seine linke Schulter.

Wieder lag Helens Unterkörper weit geöffnet vor seinen gierig blickenden Augen, und wieder hatte sie eine Welle von Scham überrollt. Laut stöhnte sie auf und wand ihren Körper in den engen Gurten.

Nun war es Tom, der erregt reagierte. Er grub seinen Kopf zwischen ihre Beine, und mit einem lauten Stöhnen trieb er seine Zunge in ihre feuchte, nasse Fotze, so tief, wie er nur konnte. In ihrem Fötzchen spielte seine Zunge mit ihrem Saft. Fast widerwillig zog er sie wieder heraus.

Dann flüsterte er ihr bebend ins Ohr: »Du schmeckst gut, Helen. Du schmeckst einfach unbeschreiblich gut!«

***

Er war leidenschaftlich, zeigte seine Erregtheit so deutlich, wie er es an den Tagen zuvor nicht getan hatte.

Wieder senkte Tom seinen Kopf, um zwischen ihre Beine zu gelangen. Ihr rechtes Bein ruhte auf seiner linken Schulter, während ihr linkes Bein halb zur Fahrertür hinausragte.

Sie spürte, wie Tom ihr erst seinen langen, kräftigen Mittelfinger in ihre Vagina schob, sie erkundete und danach seinen Zeigefinger, anschließend den Ringfinger seiner linken Hand. Ein Schauer der Lust durchflutete sie, entspannte ihren ganzen Körper und als ob Tom nur auf diese Entspannung gewartet hätte, zog er seine Finger aus ihr heraus und stieß ihr unvermittelt alle drei auf einmal in ihr Arschloch, ganz tief, so tief er nur konnte.

Helens Körper bäumte sich auf, so weit wie es die Gurte um sie herum zuließen, aber Tom drückte sie in den Sitz zurück. Sein Kopf stieß wie wild zwischen ihre Beine, seine Zunge glitt immer schneller und tiefer in ihre Fotze und seine Finger massierten ihren Kitzler.

»Du machst mich verrückt«, stöhnte er, »dein Duft und dein Geschmack machen mich verrückt!«

***

Wieder versank fast sein ganzes Gesicht zwischen ihrer Scham, um dort hemmungslos seine Zunge auf und ab wandern zu lassen. Nur ihren Kitzler ließ er dieses Mal aus, wohlwissend, würde er dort so wild agieren, würde dieser sofort reagieren und Helen einen Orgasmus bescheren. Aber noch wollte er sie nicht erlösen, wollte mit ihr spielen und ihre Gerüche und Säfte in sich aufsaugen.

Seine drei Finger in ihrem Arsch begannen, ihr kleines Loch zu weiten. Wieder beugte er seinen Kopf hinunter und leckte die kleinen Runzeln, um sie zu bewegen, sie zu dehnen und so die Öffnung zu vergrößern.

***

Helen stöhnte, es war nicht angenehm, seine Finger in ihrem Hintern zu spüren. Immer hatte sie das Gefühl, sie hinausdrücken zu wollen. Der Drang war unbeschreiblich, vor allen Dingen dann, wenn er ihr kleines Loch weitete.

Nervös begann Tom mit seiner rechten Hand an der Plastiktüte auf dem Boden des Beifahrersitzes zu nesteln.

»Was machst du da?«, keuchte Helen, die den Druck in ihrem Arsch kaum noch aushielt.

Aber Tom antwortete nicht, er schien gefunden zu haben, wonach er gesucht hatte. Helen konnte es nicht sehen, und hatte etwas Angst vor dem, was er jetzt mit ihr vorhatte.

»Entspann dich, Helen! Komm, sei lieb und entspann dich, dann wird alles ganz einfach sein. Ich werde dir nicht weh tun, Helen.«

Sie spürte, wie er langsam seine drei Finger aus ihrem Hintern zog, die sich dabei so weit wie möglich spreizten, um so ihr Arschloch zu dehnen.

Helen stöhnte laut auf.

»Gleich, Helen, gleich ist alles gut«, keuchte Tom, der sein Gesicht direkt vor ihren Arsch platziert hatte und alles genau beobachtete. Dann schob er ohne Vorwarnung etwas Hartes, Breites in sie hinein, tief in ihren Arsch. Wieder bäumte sich Helens Körper auf, wodurch der Druck in ihr sich nur noch mehr verstärkte.

»Helen, entspannen bitte, sonst kannst du es nicht genießen!«

Sie bemerkte, dass er ungeduldig mit ihr wurde und gehorchte.

»So ist es besser, ja, so ist es gut. Noch ein bisschen tiefer hinein, ja, gleich ist er drin.«

Er versuchte, mit seinen Fingern ihr Arschloch zusammenzudrücken, aber es blieb einen Spalt offen. Wieder stöhnte Helen laut auf, der starke Dehnungsdruck in ihr war ungewohnt und machte ihr Angst. Aber er erregte sie auch, ihre Beine zitterten, und ihre linke Hand konnte ihr linkes Bein kaum noch halten.

In dem Moment schob Tom das Teil, was immer er auch in sie hineingedrückt hatte, noch ein Stück tiefer in sie und hielt ihr wieder geschrumpftes Loch mit seinen Fingern zu.

»Genug, genug!«, schrie Helen. »Bitte Tom, jetzt ist es genug. Es will wieder hinaus, Tom, es will hinaus!«

Tom hielt ihr Loch immer noch mit seinen Fingern zu. »Du wirst es nicht hinauslassen! Hast du mich gehört, Helen? Drück dein Arschloch zu, los, mach schon. Ich will es nicht für den Rest des Tages zuhalten müssen!«

Erschrocken versuchte Helen nun, selbst ihr Loch zuzuhalten. Dabei stöhnte sie laut auf.

»Was ist da drin?«, flüsterte sie mit großen, erschrockenen Augen.

Tom, der sich aufgerichtete hatte, sah sie zärtlich an. »Ein Spielzeug, meine Liebe, das dir nachher noch große Freude bereiten wird.«

»Klein sagst du? Es fühlt sich riesig in mir an, Tom. Ich habe das Gefühl, als ob ich dringend zur Toilette müsste, um mich zu erleichtern.«

»Wehe, du drückst es heraus, Helen, wehe! Erst dann, wenn ich es dir erlaube, hast du gehört?«

Sie senkte ihren Blick unter seinen harten Augen. »Ja, ich versuche es.«

»Nicht versuchen, Helen! Du wirst ihn drin lassen, verstanden?«

Schnell nickte sie. Sie hatte Angst, er würde wütend werden. Aber wie sollte sie diesen Drang, auf die Toilette zu müssen, nur aushalten?

So, als ob er sich für ihre Bemühungen, das Spielzeug in ihr zu belassen, bedanken wollte, beugte er sich wieder mit seinem Kopf zwischen ihre Beine und saugte zärtlich an ihren äußeren Schamlippen.

Das Spielzeug in ihr machte sich wieder bemerkbar. Tom war gerade dabei, noch etwas aus seiner ominösen Tüte zu nehmen. Das Geräusch des Spielzeugs kannte sie, es waren die Lustkugeln, die er schon einmal in sie hineingeschoben hatte. Wie selbstverständlich spreizte sie ihre Beine etwas weiter, damit er sie leichter in sie hineindrücken konnte.

***

Nun benutzte er seine Finger der rechten Hand, um den Eingang ihrer dunklen, warmen Vagina etwas zu weiten, um so das Eindringen der Kugeln zu erleichtern. Was Helen nicht wusste, war, dass die Kugeln, die er heute benutzte, ein gutes Stück dicker waren als die von gestern.

Langsam schob er die erste Kugel in sie hinein. Als sich diese gerade zur Hälfte an ihrer breitesten Stelle in ihrer

Öffnung befand, hielt er an und ließ sie so stecken. Da stöhnte Helen laut auf. Er hätte sie auch schnell in sie hineindrücken können, aber er wollte ihr ein wenig wehtun, sie ein wenig daran teilnehmen lassen, dass er ihren Schmerz als erregend empfand.

»Bitte, Tom, drück sie ganz hinein, bitte, bitte Tom.«

Sie flehte, sie wand sich unter dem Schmerz, und wieder zitterten ihre Beine, aber Tom ließ nur seine Finger ganz behutsam über ihren Kitzler gleiten.

Diese Mischung aus Schmerz, gepaart mit ungeheurer Lust, ließ Helen aufschreien. Ungeachtet der Tatsache, dass sie sich auf einem öffentlichen Parkplatz befanden und jeden Moment Menschen vorbeikommen konnten, schrie sie weiter.

Endlich befreite Tom sie und schob die Kugel ganz in sie hinein, so tief, wie sein Mittelfinger es ihm erlaubte. Sofort hörte Helen auf zu schreien.

»Wie viele Kugeln sind es?«

Ihr ängstlicher Blick ließ seinen Schwanz fast platzen.

»Nur noch drei, Helen, nur noch drei. Und jetzt: entspannen! Komm, locker dich. Du weißt doch, dann geht alles viel leichter.«

***

Doch wie sollte Helen entspannen, wo sie wusste, dass noch drei weitere Kugeln auf sie warteten? Dieses Mal rieb Tom an ihrem Kitzler und schob die nächste schnell in die dunkle Höhle. Ein dankbarer Blick von Helen überzeugte ihn, dass er sie nicht weiter quälen sollte. Doch mit jeder Kugel, die er tief in sie hineinschob, verstärkte sich auch der Druck des Spielzeuges, das tief in ihrem Arsch steckte.

Dann endlich war auch die letzte Kugel in ihrer Fotze versteckt. Tom löste ihren Sitzgurt und stellte ihren Rücksitz gerade. Doch als Helen nun plötzlich saß, schrie sie wieder auf, wenn auch nur kurz.

Es kam ihr vor, als ob sie alles, was er in sie hineingedrückt hatte, nun noch höher in sich hineinbeförderte. Außerdem hatte sie das Gefühl, dass das Loch zu ihrem Darm und auch das Loch zu ihrer Vagina weit offenstehen würden. Schnell setzte sie sich auf und stieg aus dem Wagen. Bei dem Schritt, den sie dabei machen musste, kam es ihr vor, als ob sich die Gegenstände in ihr bewegten. Vor allen Dingen die Kugeln.

Ein wohliges, nie gekanntes Gefühl, breitete sich in ihrem ganzen Körper aus. Helen stöhnte laut und krümmte sich zusammen, fuhr jedoch sofort wieder hoch, da sich die Gegenstände in ihr erneut bewegten und den Drang zur Toilette noch verstärkten.

***

Tom wusste, dass sie jetzt mit diesem Gefühl zu kämpfen hatte, aber er ignorierte sie.

Ein Blick in die Umgebung überzeugte ihn, dass keine Menschenseele zu sehen war. Nur die Vögel zwitscherten in den Bäumen.

»Komm, gehen wir.«

»Aber, Tom, ich kann keinen Schritt gehen.« Helen wirkte, als wollte sie weinen.

Doch er nahm darauf keine Rücksicht. »Stell dich doch nicht so an!«

Als Helen seinen verächtlichen Blick sah, riss sie sich zusammen und machte einen Schritt, um aber sofort wieder stehenzubleiben. Schweiß bildete sich auf ihrer Stirn, und sie sah ihn verzweifelt an.

Tom ignorierte sie erneut. Langsam öffnete er den Reißverschluss an seinen Shorts und ließ seinen dicken Schwanz herausspringen.

»Halt dich an ihm fest und folge mir.«

***

Als Helen keine Anstalten machte, sich zu bewegen, nahm er ihre rechte Hand, legte ihre Finger, einen nach dem anderen, um seinen dick geschwollenen Schwanz und ging einfach los.

Helen wurde mitgezogen, ob sie wollte oder nicht. Die ersten Schritte waren qualvoll, aber dann auf einmal ließ der Drang zur Toilette zu müssen nach. Die Kugeln in ihr klapperten so laut, dass man es hören konnte und rieben nun genau an ihrem G-Punkt. Helen musste nach Luft schnappen, ihr Körper war überzogen von einer dicken Gänsehaut, und sie zitterte.

Mit jedem Schritt steigerte sich ihre Erregung, sie hielt es fast nicht mehr aus. Als sie noch drei Gärten von Toms Garten entfernt waren, blieb er plötzlich stehen, öffnete den Knopf seiner Shorts und ließ sie hinunterfallen. Er löste ihre Hände von seinem Schwanz, bückte sich und hob seine Hose auf. Er vergewisserte sich, dass niemand in der Nähe war, bückte sich erneut tief vor Helen und streckte ihr seinen Arsch direkt vor ihr Gesicht.

Helen glühte vor Geilheit, sie wollte Erlosung, sie wollte weitergehen, einen Orgasmus erreichen, aber Tom hatte erst anderes vor.

»Leck meinen Arsch«, forderte er sie mit harter Stimme

auf. »Zieh meine Arschbacken so weit auseinander, wie du kannst und dann leck mich. Fester, Helen, fester.«

Helen musste sich hinunterbeugen, um mit ihrem Mund zu seinem Arsch zu gelangen. Wieder drückten die Spielzeuge in ihr so sehr, als ob sie dringend zur Toilette musste. Sie stöhnte laut auf.

»Stell dich nicht so an, Helen. Mach es einfach.«

Also zog Helen seine Arschbacken mir ihren Händen auseinander, sah sein dunkles, geripptes Loch, schloss ihre Augen und leckte leicht darüber.

»Fester, Helen, los. Ich will deine Zunge spüren!«

Und Helen leckte und leckte.

»Leck mich doller«, stöhnte Tom erneut. Sein Schwanz bewegte sich unkontrolliert und drohte, zu explodieren.

Abrupt stand Tom auf, so schnell, dass Helen fast gestolpert wäre. Schnell griff er nach ihr, zog ihr Kleid über ihren Kopf und hielt sie fest an sich gedrückt. Nur sein Schwanz bewegte sich zwischen ihren Körpern. Er sah sie zärtlich an und drängte seine Zunge in ihren Mund. Wieder stöhnte er auf und ließ sie los.

»Komm, gehen wir zum Häuschen«, forderte er sie mit rauer Stimme auf, legte ihre Finger wieder um seinen Schwanz und zog sie zu seinem Garten. Schnell öffnete er das Gartentor, schloss es hinter ihnen und zog sie bis zur Treppe. Helen folgte, ohne einen Ton von sich zu geben. Sie glaubte bei jedem Schritt, den sie tat, mit einem Orgasmus zu explodieren. Aber noch kam die Erleichterung nicht.

***

Wäre Helen erfahrener gewesen, hätte sie gewusst, dass sie nur ihre Arschbacken fest hätte zusammendrücken und ihre

Vagina anspannen müssen, um einen vaginalen Höhepunkt zu erreichen. Natürlich erst, nachdem sie das Spielzeug in ihrem Arsch entfernt hätte. Tom hatte dieses Spielzeug mit Bedacht gewählt. Denn er wusste, dass sie sehr wahrscheinlich nur mit Kugeln in ihrer Fotze unkontrolliert einen Orgasmus erreicht hätte, aber mit dem Spielzeug in ihrem Arsch konnte er das verhindern.

Vor der Treppe blieb Tom stehen, warf seine Shorts und ihr Kleid in eine Ecke und hob sein rechtes Bein. Er stellte es auf die erste erhöhte Stufe und zog Helen an sich heran.

»Du wirst jetzt den Orgasmus deines Lebens erfahren«, stöhnte er mit leiser Stimme in ihr Ohr. »Ich musste dich erst ein wenig quälen, damit du diesen Höhepunkt erreichen kannst.«

Er leckte über ihren schweißnassen Hals, lutschte ausgiebig an ihrem Ohrläppchen, glitt bis zu ihren Achselhöhlen, um sich dort festzusaugen und auch ihr letztes Schweißtröpfchen, das sich dort befand, in sich aufzunehmen.

Wieder stöhnte er laut auf. »Du machst mich geil, Helen. Alles an dir riecht so gut und alles an dir schmeckt nach mehr. Es macht mich wahnsinnig!«

Und so, als ob er wahnsinnig geworden wäre, saugte er auch an ihren Brustwarzen. Nahm abwechselnd die rechte und dann die linke in seinen Mund, knabberte an ihnen und zog sie so lang, wie sie sich ziehen ließen.

Dann ließ er von ihnen ab.

»Du wirst mich jetzt reiten, Helen, und es wird wunderschön für dich werden.«

Er griff über sie nach hinten, erfasste ihre beiden Arschbacken und fasste noch weiter nach vorn, um auch ihre dicken Schamlippen schön weit auseinanderzuziehen. So hob er sie hoch und setzt sie auf seinen muskulösen, strammen Oberschenkel.

Dann fing er an, sie auf seinem harten Schenkel hin und her zu schieben. Ihre kleinen inneren sowie die dicken äußeren Schamlippen rieben dabei an seinen harten Muskeln. Helen stöhnte laut auf. Er presste sie noch fester auf sein Bein, sodass jetzt auch ihr Kitzler auf ihm lag. Immer schneller schob er Helen hin und her. Sie hielt sich an seinen Schultern fest und warf den Kopf in ihren Nacken.

Er spürte, wie sich ihr Körper anspannte, ihre Hände sich fast schmerzhaft in seine Schulter bohrten, ihre Atmung flacher und flacher wurde, aussetzte, dann wieder stoßweise aus ihr herauskam.

Er schob sie jetzt so schnell und so fest, wie er nur konnte, und endlich erklang der erlösende Schrei aus ihrem weit aufgerissenen Mund. Sie kam – und wie sie kam! Ihre Augen stierten ihn an, ohne ihn jedoch zu sehen. Sie warf den Kopf hin und her, ihr ganzer Körper zuckte unter den Wellen der Erregung und Befreiung durch den Orgasmus, der durch sie hindurchwalzte.

***

Er hatte ihr nicht zu viel versprochen. Es war der Orgasmus ihres Lebens. Noch nie hatte sie solche Wonnen, die durch ihren Körper fluteten, gespürt oder jemals erlebt. Das Spielzeug, das sie am Anfang so gequält hatte, hatte ihr nun zu einem bisher nie gekannten Wollustgefühl verholfen, das sie in Zukunft nie mehr missen wollte. Nie hätte sie gedacht, dass es so etwas geben könnte. Erschöpft sackte sie in sich zusammen, und Tom musste sie festhalten, damit sie nicht von seinem Bein fiel.

»War es gut für dich?«

Helen konnte nur nicken. Ihr Körper war wie erlöst von der versengenden Qual der unbefriedigten Lust. War befreit von der Unzufriedenheit, die sie so lange mit sich herumgetragen hatte.

Ihre Lippen suchten die Lippen von Tom, und sie küsste ihn so zärtlich, wie sie es zuvor noch nicht getan hatte.

»Ich danke dir, Tom, von ganzem Herzen! Es war einfach unbeschreiblich!«

»Und was machen wir nun mit mir?«

Ein schelmischer Blick von ihm brachte sie wieder auf den Boden zurück. Sie errötete leicht.

»Was möchtest du denn gern?«

»Alles, was du mir geben willst, Helen.«

Er schaute ihr dabei tief in ihre Augen, hob sie hoch und trug sie ins Häuschen. Dort legte er sie auf die Couch und sah sie lange an. Ihr wurde es etwas ungemütlich unter seinem Blick.

Was hatte er jetzt mit ihr vor?

Ihr voreilig ausgesprochenes: »Ich mache dir alles, was du willst«, holte sie jetzt wieder ein. Aber egal, was es war, sie würde es tun. Durch ihn hatte sie jetzt dieses wunderbar wohlige Gefühl in ihrem ganzen Körper.

***

Er ging zum Tisch, nahm einen Gegenstand und brachte ihn zu Helen. Es war eine Lustkugelkette, ähnlich wie die, die in ihr steckte. Nur waren die Kugeln dieser Kette etwas kleiner als die Kugeln, die momentan in ihr steckten. Aber dafür waren es fünf Kugeln, statt der vier, die ihre Vagina massierten.

Wieder dieser ängstliche Blick, der ihn verrückt machte und seinen Schwanz zucken ließ.

»Aber, Tom, wo sollen diese Kugeln denn hin? In mir ist kein Platz mehr.«

Tom musste laut loslachen. »Ich weiß, meine kleine süße Helen. Du bist vollgestopft. Diese sind für mich. Du wirst eine nach der anderen ganz tief in meinen Arsch drücken, ganz tief, so tief, wie du nur kannst.«

Helen wurde es ziemlich mulmig, aber sie hatte es ihm versprochen.

»Komm, erheb dich!«, forderte er sie auf.

Helen schaute ihn mit großen Augen an und versuchte, sich auf die Seite zu drehen, denn die Kugeln in ihrer Fotze und was auch immer in ihrem Arsch steckte, massierten sie sichtlich bei jeder ihrer Bewegungen und erregten sie.

Tom sah ihr zu, wie sie sich mühte, sich hinzusetzen, aber er half ihr nicht. Stöhnend hatte es Helen endlich geschafft und saß auf der Couch. Ihre Beine hingen in der Luft und sie musste vorrobben, um sie auf den Boden stellen zu können. Sie atmete heftiger, doch Tom unterbrach ihre Gefühle.

»Später, Helen, darfst du mich noch einmal reiten, aber jetzt spielst du mit mir.«

Folgsam stand Helen nun langsam und vorsichtig auf. Dann sah sie Tom erwartungsvoll an.

»Ich werde mich jetzt ganz tief nach unten bücken, meine Beine vor dir spreizen. Dann versuchst du, mein Arschloch zusammen mit deinem Mund, deiner Spucke und so vielen von deinen Fingern, wie nur möglich, zu spreizen. Fang an, Helen!«

***

Tom bückte sich vor sie, spreizte seine Beine, griff selbst mit seinen Händen nach hinten zu seinen Arschbacken und zog sie so weit er konnte auseinander.

»Fang an, Helen. Komm, fick mich mit deiner Zunge!«

Fasziniert, erregt und zugleich auch von Ekel erfasst, starrte sie auf dieses schwarze kleine Loch, dessen Rand mit unzähligen kleinen Runzeln übersät war.

»Leck mich, Helen, worauf wartest du denn noch?«, stöhnte Tom in seiner ungemütlichen Haltung.

»Fick mich doch endlich mit deiner Zunge. Reiß das Arschloch mit deinen Fingern auf, Helen!«

Stöhnend überwand sie ihren Ekel, beugte sich zu seinem Arschloch und begann, es mit ihrer Zunge zu lecken. Jede einzelne kleine Runzel erforschte sie dabei mit ihren Lippen, sodass Tom unter ihr laut aufstöhnte.

»Ja, Helen. Das ist gut, mach weiter.«

Dann steckte sie ihren Mittelfinger in ihren Mund, benetzte ihn dick mit ihrer Spucke und schob ihn schnell und unerwartet für Tom so tief sie konnte in seinen heißen Arsch.

Laut stöhnte Tom auf.

»So ist es gut, das ist super, mach weiter, Helen. Noch einen Finger und noch einen. So viele, wie du nur hineindrücken kannst. Mach schneller, Helen, mach. Und hör nicht auf, mein Arschloch weiter mit deiner Zunge zu bearbeiten!«

Und Helen leckte seinen Arsch und steckte einen Finger nach dem anderen tief hinein, sodass zum Schluss nur noch ihr Daumen draußen war.

Tom zitterte unter ihr.

»Den Daumen schaffst du auch noch, Helen, ich weiß es. Versuch es einfach. Ich weiß, dass du das kannst! Los, mach schon!«

»Aber das tut dir doch weh, oder?«, jammerte Helen entsetzt.

»Ja, ja, eben! Das ist es doch, worauf ich warte. Steck deinen Daumen dazu, los Helen!«

Tom schrie diese Worte in den kleinen Raum und riss dabei seine Arschbacken noch weiter auseinander, um ihr damit anzudeuten: ›Sieh her, es ist noch Platz in meinem dunklen Arsch.‹ Helen zog ihre Finger wieder bis zur Höhe ihres Daumens heraus, legte ihn in ihre Handfläche und stieß die ganze Hand in ihn hinein. Tom stöhnte und sein ganzer Körper spannte sich.

»Lass sie jetzt drin, Helen. Egal, was ich jetzt mache, du lässt deine Faust in mir!«

Helen nickte, aber das konnte Tom natürlich nicht sehen.

»Hast du mich verstanden, Helen?«

»Ja, ja, Tom, ich lasse sie drin.«

»Noch ein wenig tiefer, Helen. Noch ein Stück, ja, gut so, so ist es prima.«

Ihre Hand steckte jetzt bis zum Beginn ihres unteren Ellenbogens in seinem Arsch. Tom ließ seine Arschbacken los, sie legten sich um Helens Arm, und er hielt sich mit der einen Hand an der Couch fest. Dann zog er sich langsam nach oben und zwängte dabei seinen Arsch so fest zusammen, dass, selbst wenn Helen es gewollt hätte, sie ihren Arm nicht mehr herausbekommen hätte.

***

Mit ihrer Hand in seinem Arsch ging Tom einmal in dem kleinen Zimmer umher, begleitet von einem zufriedenen Seufzen.

»Wenn doch deine Hand ein wenig dicker wäre«, stöhnte er laut. »Aber so ist es auch gut.«

Dann verließ er den Raum, immer gefolgt von Helen, deren Hand ja noch tief in seinem Arsch steckte. Er ging vorsichtig die Stufen des kleinen Häuschens hinunter und setzte seine Wanderung unter erneutem Stöhnen im Garten fort. Helen immer hinterher.

Als sie wieder vor der Treppe standen, dessen erste Stufe so hoch war, drehte er sich zu Helen um und sagte: »Wenn ich mein Bein hebe, um die erste Stufe hinaufzugehen, dann stößt du deine Faust bis zu deinem Ellenbogen in mich hinein, hast du mich verstanden?«

Helen erschrak, aber sie nickte.

Als ob er nicht glauben würde, dass sie es auch wirklich tun würde, umfasste er in dem Moment, als er sein Bein weit hob, um auf die erste Stufe zu gelangen, ihren rechten Arm und stieß ihn so tief wie er konnte in sich selbst hinein.

Wieder entrang sich seinen Lippen ein lautes, wollüstiges Stöhnen, und er musste einen Moment warten, bis er die restlichen Stufen hinaufging. Helen gebückt hinter ihm her, denn ihr Arm stecke jetzt wirklich halb in seinem Arsch.

So folgte sie ihm bis zur Couch und setzte sich vorsichtig darauf.

»Dass du ja nicht deine Hand hinausziehst!«, warnte er sie.

Tom zog zuerst sein rechtes Bein hoch und dann sein linkes, drehte sich langsam herum und befand sich nun rücklings vor ihr. Seine Beine knieten rechts und links neben ihr und sein Hintern war fast vor ihrem Gesicht. Wieder legte er seine Hände um seine Arschbacken und zog sie weit auseinander.

»Und jetzt fickst du mich, so hart du kannst. Los, Helen, mach eine Faust mit deinen Fingern in meinem Arsch. Versuch es, los, schneller Helen, bitte, fiste mich, Helen, los!«

***

Vorsichtig begann Helen ihre Finger in seinem Hintern zu krümmen, um eine Faust zu bilden. Es gelang ihr endlich in dieser dunklen, schwarzen und engen Höhle.

Wieder stöhnte Tom genussvoll auf.

»Und jetzt fiste mich, Helen! Fester! Los, fick mich, fiste mich, Helen! Schneller, noch tiefer, noch fester! Lass mich deine Faust spüren, gib es mir, Helen!«

Und sie stieß zu. Immer fester, immer schneller. So, wie er es von ihr verlangte, stieß sie ihren Arm und ihre Faust immer wieder in ihn hinein, bis er unter ihr mit einem lauten, lang anhaltenden Stöhnen zusammenbrach.

Helen erschrak, was war los mit ihm? Sie versuchte, ihre Hand so schnell wie möglich aus ihm herauszuziehen, aber er presste seinen Hintern zusammen und ließ sie nicht los.

»Ist alles in Ordnung, Tom? Bitte, sag doch etwas«, flehte sie ihn an. Sie fing fast an zu weinen, als er endlich mit dem Stöhnen aufhörte.

»Du warst wunderbar, Helen. Oh, das war so gut. Lass mich noch für einen kleinen Moment deine Faust in mir spüren. Oh Helen, du warst wirklich gut!«

Nun erst bemerkte Helen wieder die Gegenstände in ihr. Während sie Tom mit ihrer Faust in seinem Arsch bearbeitet hatte, hatte sie tatsächlich das Dehnungsgefühl, das diese Spielzeuge in ihr immer noch verursachten, vergessen.

Jetzt aber wurde ihr Kitzler wieder unruhig. Wie lange sollte sie noch so hinter Tom stehen, der vor ihr auf dem Bauch lag, mit ihrer Faust und ihrem halben Arm in ihm?

Endlich bewegte er sich, ging wieder auf seine Knie und rutschte von der Couch. Dann griff er nach hinten, umfasste den rechten Oberarm von Helen und zog ihn ganz langsam, so, als ob er jeden Zentimeter dabei genießen würde, mit geschlossenen Augen aus seinem Arsch. Erst als er ihre Faust durch sein enges Loch am Ende seines Arsches zog, bäumte sich sein Körper kurz auf, und er stöhnte wieder laut.

Dann drehte er sich langsam zu Helen um.

»Du warst wunderbar«, sagte er erneut und zog sie in seine Arme, während Helen ihren beschmutzten rechten Arm weit von sich weggestreckt hielt.

»Eigentlich müssten wir beide ihn jetzt sauberlecken, was meinst du, Helen?«

Doch als er ihren erschrockenen und angeekelten Blick sah, schmunzelte er. »Na gut. Dann eben nicht.«

***

Er hob sie auf seine Arme und trug sie hinaus zu der Wasserstelle, die sich hinter dem Häuschen befand. Dort reinigte er ihren Arm und ihre Faust, bürstete selbst ihre Fingernägel sauber und trug sie anschließend wieder hinein. Sein Schwanz hatte noch nicht abgespritzt und stand fast steil an ihm, während er sie wieder auf seinen Armen in das Haus trug und auf die Couch legte.

Dann beugte er sich über sie und begann, ihr Gesicht mit Küssen zu bedecken, drängte seine Zunge tief in ihren Mund und ließ sie daran saugen. Seine Finger spielten mit ihren kleinen Brüsten, den langsam hart werdenden Brustwarzen und wanderten hinab zu ihrem Venushügel, wo er ihre kleinen krausen Härchen kraulte, die ihren Kitzler verdeckten.

»Spreiz deine Beine«, raunte er in ihr Ohr. »Ganz weit. Ja, so ist es gut.«

Dann ging er wieder auf die Suche mit seinen Fingern, durchforschte das Innere ihrer dicken Schamlippen und streichelte die kleineren dazwischen, um letztendlich an ihrem Kitzler zu verweilen. Dieses Mal war es Helen, die sich aufbäumte, ungeachtet der Gegenstände in ihrer Fotze und in ihrem Arsch, die ein lang anhaltendes Stöhnen auslösten.

Tom legte sich neben sie und fing nun an, seinen dicken, kräftigen Schwanz mit seinen Händen zu bearbeiten. Auch er stöhnte dabei und beobachtete, wie sich die ersten Tröpfchen aus dem kleinen Loch in der Mitte seiner Spalte am oberen Ende seiner Eichel bildeten.

»Leck mich, Helen, bitte, leck mich.«

Schwer atmend ließ er sich auf den Rücken fallen. Helen beugte sich unter Stöhnen über seinen Schwanz und leckte seine ersten Liebestropfen von seiner Eichel. Dann stülpte sie ihre Lippen über sie und saugte kräftig an ihr.

Tom stoppte sie unvermittelt. »Nein«, stöhnte er, »nein, nicht so schnell. Erst wirst du ihn reiten. Leg dich wieder hin.«

Als Helen neben ihm lag, kniete er sich zwischen ihre Beine und hob sie an.

»Halt sie fest, Helen, schön weit gespreizt. Ja , so ist es gut.«

Dann griff er nach der kleinen Kette, die aus ihrer Fotze heraushing und zog an ihr. Genauso langsam, wie er ihren Arm aus seinem Arsch gezogen hatte, zog er nun die Liebeskugeln aus ihrer Fotze. Jedes Mal, wenn eine der Kugeln durch die enge Fotzenöffnung musste, stöhnte Helen laut auf, und ihr Körper wand sich hin und her. Dann endlich war die letzte Kugel aus ihr heraus. Tom warf sie auf den Boden.

Danach beugte er sich zwischen ihre Beine und leckte sie, steckte seine Zunge ganz tief in sie hinein und fickte sie mit ihr. Erst als ihr Fotzenloch sich wieder zusammengezogen hatte, hörte er damit auf.

Helens Augen glänzten. Sie war erregt, und ihre Finger spielten mit ihrem Kitzler. Erst ein strafender Blick von Tom veranlasste sie, ihre Finger schnell auf die Seite zu legen.

Wieder legte sich Tom auf den Rücken und streckte seine Beine aus. Sie lagen dicht nebeneinander, und sein Schwanz stand steil aufgerichtet dazwischen.

»Komm, knie dich über ihn«, flüsterte er schwer atmend.

Als sie über seinem Schwanz hockte, hob er sie mit Leichtigkeit hoch und setzte sie hart auf seinen Schwanz. Tief drang dieser in ihre Fotze, und Helen schrie erschrocken auf. Dann begann er, sie wieder hin und her zu schieben, erst langsam, dann immer schneller, hob sie hoch und setzte sie wieder hart auf ihn, sodass Helen erneut aufschrie.

»Reite mich, Helen, komm, mach es allein. Schneller, Helen, schneller!«

Er umfasste ihre Taille und drückte sie fest auf sich. Er half ihr, sich immer schneller auf ihm hin und her zu bewegen. Erst atmete sie schnell und stockend, dann Tom. Erst spannte Helen ihren ganzen Körper an, und dann wurde auch Toms Körper steif. Und als sich bei beiden die Lust vereinte und explodierte, schrien sie zusammen ihren gemeinsamen Orgasmus hinaus.

Immer und immer wieder, bis sich ihre Körper langsam beruhigten, ihre Nerven langsam wieder von dem erregenden Gefühl befreit wurden, und jede Faser ihrer Körper sich entspannte.

Erschöpft sank Helen auf Tom zusammen.

»Es war wunderschön, einfach überwältigend«, stammelte sie immer wieder.

»Ja, für mich auch, Helen. Es war einfach wunderbar!«

***

Nach einer Weile drehte er sich unter ihr heraus. Er klopfte ihr leicht auf den Hintern, den sie ihm so freiwillig darbot und erinnerte sich, dass sich ja noch ein Spielzeug in ihrem Hintern verbarg.

»Komm, Helen«, flüsterte er ihr ins Ohr und liebkoste dabei ihr Ohrläppchen, »ich muss noch einmal an deinen Arsch.«

»Nein, bitte nicht, für heute ist es genug«, jammerte sie. »Außerdem ist es höchste Zeit für mich, nach Hause zu fahren.«

»Gut«, antwortete Tom schmunzelnd. »Dann bleibt der Pilz halt bis zum nächsten Mal in deinem Arsch. Es wird dir allerdings schwer fallen, auf die Toilette zu gehen.«

»Einen Pilz? Du hast einen Pilz in meinen Hintern gesteckt???«

»Lass ihn mich herausziehen, dann zeige ich ihn dir.«

Erschrocken drehte sich Helen auf den Rücken und wollte ihre Beine spreizen.

»Nein, geh auf deine Knie und streck mir deinen Arsch entgegen. So bekomme ich ihn besser raus.«

Ohne sich zu zieren, kniete sich Helen vor Toms Gesicht auf die Couch.

»Deine Arschbacken musst du schon selber auseinanderziehen«, meinte er lächelnd. »Ich benötige beide Hände, um das Ding wieder aus dir herauszubekommen.«

Und auch das machte Helen ohne Widerrede. Sie griff

nach hinten und zog ihre Arschbacken weit auseinander. Sie spürte, wie Tom mit den Fingern seiner linken Hand ihr enges Arschloch etwas dehnte und mit seiner rechten Hand an der Kette, die aus ihrem Arsch hing, langsam den Gegenstand, den er ihr vor Stunden hineingedrückt hatte, wieder aus ihr herauszog.

»Tief einatmen, Helen, hol jetzt mal tief Luft«, forderte er sie auf.

Helen folgte seinem Wunsch und atmete tief ein. Genau in diesem Moment zog er kräftig an der Kette, und Helen schrie auf. Wimmernd war sie auf der Couch zusammengebrochen und hielt ihre Hand vor ihren Arsch.

»Das tut verdammt weh, Tom, ah!«

»Es ist gleich wieder gut, Helen, warte einen kleinen Moment.«

Tom hatte recht. Als sich ihr kleines dunkles Loch am Hintern wieder ganz zusammengezogen hatte, war der Schmerz vorüber.

»Was war das, Tom? Was hattest du in mich hineingesteckt?«

Er zeigte es ihr. Es war ein Gegenstand, der aussah wie ein Pilz. Nur, dass der Hut des Pilzes eine längere, abgerundete Spitze am Kopfende hatte, um ihn so leichter hineindrücken zu können. Der Schmerz beim Herausziehen war dadurch begründet, dass der Hut an seinem unteren Ende ziemlich breit war, fast zu breit für Helens enges Arschloch.

Aber nun war er draußen.

Etwas breitbeinig machte sich Helen auf die Suche nach ihrem Kleid und ihren Schuhen.

»Kommst du morgen wieder?«, fragte Tom sie, als Helen wieder adrett gekleidet vor ihm stand.

»Das geht nicht. Und übermorgen geht es auch nicht. Es ist doch Wochenende, da kann ich nicht weg.«

Sie legte ihre Arme um seinen Nacken und schmiegte sich an ihn und fragte sanft: »Bist du am Montag noch da?«

Tom sah sie überlegend an.

»Ich weiß nicht, wie lange ich noch bleiben kann. Ich hatte gestern einen Anruf aus Australien, und es sieht so aus, als ob ich früher als geplant zurück muss. Aber Montag bin ich auf alle Fälle noch hier.«

Helen nickte.

»Also, bis Montag, Helen.«

»Bis Montag, Tom. Ich freue mich jetzt schon auf dich.«

Er lächelte.

Breitbeinig ging sie davon. Bei jedem Schritt, den sie tat, glaubte sie noch immer, die Lustkugeln und den Pilz in sich zu spüren.

Zwei ganze Tage ohne ihn und ohne Orgasmus ... Wie sollte sie das nur aushalten? Er musste ihr unbedingt zeigen, wie sie sich selbst befriedigen konnte.

Kapitel 13

Als Dennis an diesem Abend nach Hause kam, wunderte er sich über seine Frau. Schon vor dem Haus hörte er sie singen. Das war das erste Mal, dass er seine Frau singen hörte. Sie empfing ihn mit einem strahlenden Lächeln.

»Dir scheint es wirklich gut zu gehen«, sagte er schmunzelnd und umarmte sie kurz. »Warst du heute einkaufen und hast dir etwas besonders Hübsches gekauft oder warum bist du so gut gelaunt?«

»Nein, ich war nicht in der Stadt. Ich bin nur wieder ein bisschen an der frischen Luft gewesen. Es ist einfach wunderbar, die Sonne, die Vögel, einfach alles ...«

Dennis schüttelte den Kopf und ging ins Bad, um sich zu duschen. Bisher hatte er immer geglaubt, dass seine Frau sich nicht für Dinge wie Wetter und Vögel interessierte. Sie war eher eine Stadtfrau, die den Trubel und die Schickeria brauchte, um glücklich zu sein.

Als er fertig geduscht und sich einen bequemen Hausanzug angezogen hatte, ging er zurück zur Küche, wo sie fleißig das Abendessen zubereitete.

»Hm, das riecht aber richtig lecker.«

»Ich habe mir heute auch besonders viel Mühe damit gemacht. Deckst du bitte den Tisch?«

Beim Essen schaute er seine Frau immer wieder an. Warum war sie anders als sonst? Sie schien gelöster, freier. Ihre Augen strahlten. Sie schien einfach glücklich zu sein.

Ob die Vermutung seiner Schwiegermutter stimmte, dass Helen schwanger war? Was sonst sollte der Grund für ihre Veränderung sein?

Er konnte sich nicht sattsehen an ihr, sie strahlte von innen heraus und war einfach eine Augenweide.

***

Nach dem Essen gingen sie ins Wohnzimmer, wo Dennis, wie immer abends, wenn er zu Hause war, den Fernseher anschaltete. Helen vertiefte sich in ein Buch, aber sie las nicht. Das Buch war ihr Schutz, hinter dem sie sich verstecken und vor sich hin träumen konnte.

Was Tom wohl gerade machte? Was tat er überhaupt, wenn sie nicht da war? Bekam er vielleicht Besuch von anderen Frauen?

»Was ist los?«, fragte in dem Moment Dennis.

Helen hatte nicht bemerkt, dass sie erschrocken aufgestöhnt hatte bei dem Gedanken, Tom könnte noch mit anderen Frauen in seiner kleinen Gartenlaube Spaß haben und die Dinge tun, die er mit ihr machte.

»Nichts, Dennis. Entschuldige bitte. Es ist nur etwas, das ich gerade gelesen habe, das mich erschreckt hat.«

Dennis gab sich damit zufrieden.

***

Als sie später zusammen ins Bett gingen, nahm er sie in seine Arme, zwängte seinen Schwanz in sie hinein und ruckte so lange in ihr hin und her, bis er seinen Samen in sie hineinspritzen konnte.

»War es schön für dich?«, kam seine obligatorische Frage.

Helen nickte nur, und er rollte sich von ihr hinunter. Dann küsste er sie auf die Stirn, rutschte auf seine Seite des Bettes und war kurz danach eingeschlafen.

Es muss etwas geschehen, so kann ich nicht den Rest meines Lebens neben ihm verbringen, dachte Helen.

Nur, was geschehen sollte, das wusste sie nicht, aber vertraute darauf, dass die Zeit es mit sich bringen würde.

***

Am nächsten Morgen wurde Helen früh wach. Dennis schlief noch, als sie die Gardinen leise auf die Seite zog und in den Sonnenaufgang schaute. Wie gern wäre sie jetzt in dem kleinen Blockhaus in der Schrebergartenanlage.

Ob Tom noch schlief?, fragte sie sich träumerisch.

Was machte er nur den ganzen Tag? Jetzt, wo sie nicht da war und nicht kommen konnte?

Die Gedanken quälten sie, und sie seufzte laut auf.

***

Dennis war in der Zwischenzeit erwacht und sah seine Frau vor dem großen Fenster stehen. Was Helen nicht wusste, war, dass sich ihre schlanke Gestalt in ihrem durchsichtigen Negligee vor dem Fenster deutlich abhob und Dennis wieder einmal überrascht war von ihrem schönen Anblick.

Da kommt Jenny lange nicht mit. Sie würde einfach fett aussehen, würde sie so dastehen, wie Helen es gerade tut, durchfuhr es ihn.

Noch nie hatte er seine Frau richtig nackt gesehen, und der Anblick von ihr vor diesem Fenster erregte ihn. Erregte ihn sogar sehr.

Er stand auf und trat hinter sie, legte seine Arme um sie und küsste sie leicht auf ihren Nacken. Mit einem Stöhnen drängte sich Helen näher an ihn heran und spürte sein erigiertes Glied an ihrem Rücken.

Dennis war von ihrer Reaktion total überrascht und wusste im ersten Moment nicht, wie er sich verhalten sollte. Bei Jenny hätte er es gewusst.

So standen sie eine Weile, bis Dennis Helen zu sich umdrehte, auf den Arm nahm und zu ihrem Bett trug.

Er war erstaunt, dass sein Penis so reagierte, denn bisher hatte er an ihrer schlanken Gestalt keinen Gefallen gefunden.

***

Er wollte zurück zum Fenster, um die Gardinen wieder zuzuziehen, aber Helen hielt ihn fest.

»Lass sie bitte auf, Dennis.«

Scheu sah sie ihn an, und ihr Mann wurde zusehends nervöser. Aber Helen zog ihn zu sich hinunter und öffnete seine Schlafanzugjacke langsam Knopf für Knopf auf. Sie scheute sich, ihn dabei anzusehen, denn sie hatte Angst, dass er die Lust in ihren Augen erkennen konnte.

Helen half ihm aus seiner Schlafanzugjacke und lag abwartend unter ihm. Die Erregtheit von Dennis war gestiegen, er zog ihr Negligee hoch, gleichzeitig seine Schlafanzughose hinunter. So zwängte er sich zwischen ihre eng zusammenliegenden Beine und drang in sie ein. Er kam schnell, denn Dennis hatte, im Gegensatz zu Tom, nie gelernt, seine Ejakulation hinauszuzögern.

Und wie immer stand er kurz danach auf, um zu duschen. Er ließ eine völlig frustrierte Helen zurück, die am liebsten laut aufgeheult hätte.

***

Helen lag noch immer im Bett, als er frisch geduscht und mit einem Badetuch umwickelt wieder ins Schlafzimmer zurückkam. Sie wartete darauf, dass er sich wie jeden Tag vor ihr bücken würde, um seine Unterhose anzuziehen. Aber die offenen Gardinen hielten ihn davon ab.

»Willst du noch nicht aufstehen?«, fragte er und lächelte sie zufrieden an.

Sie schüttelte den Kopf und bemerkte erst jetzt, dass sie immer noch entblößt auf ihrem Bett lag. Dennis schien es bemerkt zu haben, denn er drehte sich rasch um.

Warum nicht?, dachte Helen. Warum sollte er sie nicht nackt sehen? Schließlich waren sie ein verheiratetes Ehepaar.

Noch vor zwei Wochen hätte sie sich entsetzlich vor Dennis geschämt, und jetzt drehte sie sich um und zeigte ihm ihren schlanken Hintern. Sie hörte, wie er laut nach Luft schnappte und konnte sich ein Lächeln nicht verkneifen. Außerdem war es warm, warum sollte sie sich zudecken?

Dann spreizte sie ihre Beine etwas, sodass Dennis, falls er sie überhaupt noch ansah, genau zwischen ihre Pobacken blicken konnte. Dass er es tat, verriet sein schwerer Atem.

Aber er kam nicht näher und fasste sie nicht an, so wie Helen es erhofft hatte. Stattdessen ging er schwer atmend ins Bad zurück, wo er eine Weile blieb. Enttäuscht rollte sich Helen wieder auf den Rücken und deckte sich bis zum Kinn zu.

***

Nach einer Weile kam Dennis wieder ins Schlafzimmer zurück und setzte sich zu ihr aufs Bett.

»Wir sind bei deinen Eltern eingeladen. Komm, Helen, du musst aufstehen.«

Mit einem tiefen Seufzer schlug sie die Bettdecke zurück, hob ihre Beine so, dass sie ihm freien Einblick dazwischen gewährte, und stand langsam auf.

Dennis wusste nicht mehr wie ihm geschah. Das hatte seine Frau noch nie gemacht. Stets hatte sie sich vor ihm versteckt und auf einmal diese Freizügigkeit. Sein Penis war in seiner engen Hose hart geworden. Am liebsten hätte er sie genommen, aufs Bett geworfen und sie erneut bestiegen.

Aber Dennis tat es nicht. Schwer atmend ging er in die Küche und fing an, das Frühstück vorzubereiten.

Was war auf einmal mit seiner Frau los?

Die Gedanken gingen ihm nicht aus dem Kopf, und als sie ihm später beim Frühstück gegenübersaß, musste er sie immer wieder ansehen. Irgendetwas war mit seiner Frau geschehen. Nur was? Und wie sollte er damit umgehen?

Er war froh, dass sie wenig später zu seinen Schwiegereltern fuhren. So war er von ihr abgelenkt und konnte seine Gedanken auf etwas anderes konzentrieren.

***

Auch Helens Mutter fiel auf, wie gelöst und heiter ihre Tochter war.

Sie scherzte mit ihr und ihrem Vater, sie trällerte ein Lied vor sich hin und war einfach entzückend.

Sie musste schwanger sein! Das war die einzig logische Erklärung für sie. Bestimmt bekam sie ein Baby!

Aber da Helen keine Anstalten machte, dieses Thema aufzugreifen, unterließ es auch schweren Herzens ihre Mutter.

Sie aßen draußen auf der Terrasse. Es war ein wunderschöner Sommertag. Nicht eine einzige Wolke störte den Blick in den blauen Himmel.

***

Wieder musste Helen an Tom denken und daran, was er jetzt wohl gerade machte. Sie konnte gerade noch einen tiefen Seufzer unterdrücken.

Dann war auch dieser Tag vorbei. Dennis und Helen verabschiedeten sich und fuhren nach Hause. Es war später geworden, als sie es eigentlich gedacht hatten, und so gingen sie auch bald ins Bett.

Als Dennis tief schlafend neben ihr lag, machte sich Helens Kitzler bemerkbar. Deutlich, nur allzu deutlich, signalisierte er ihr, dass er erlöst werden wollte.

Nur noch den morgigen Sonntag überstehen, dann bekommst du, was du willst, flüsterte sie, als ob sie ihren Kitzler besänftigen konnte.

Aber natürlich hörte er ihre Worte nicht und klopfte weiter.

Unruhig schlief sie lange Zeit später endlich ein.

***

Am nächsten Morgen wachte Helen wie gerädert auf. Das erste, was sie spürte, war ihr Kitzler, der sich sehr energisch bemerkbar machte, und Unruhe und Unzufriedenheit in ihr auslöste. Helens gute Laune vom Vortag war wie weggeblasen.

»Guten Morgen, mein Schatz«, hörte sie Dennis neben sich sagen. »Hast du gut geschlafen?«

Sie schüttelte den Kopf, was er aber nicht sehen konnte, da die Gardinen noch geschlossen waren.

»Soll ich die Gardinen öffnen?«

»Ach, ist mir egal«, antwortete Helen mürrisch.

Was für einen Unterschied machte es denn, ob die Gardinen auf- oder zugezogen waren?

Ihr Mann schien sich nicht wirklich für sie zu interessieren. Das hatte er ihr gestern nur allzu deutlich gezeigt. Helen wälzte sich unruhig in ihrem Bett hin und her. Dann spürte sie, wie Dennis seinen Arm um sie legte und wie er näher zu ihr rückte.

»Was ist los mit dir? Gestern warst du so gut drauf und heute bist du so wortkarg? Was ist los?«

»Nichts«, antwortete sie griesgrämig.

Dennis gab sich mit dieser Antwort zufrieden, nahm die Decke von ihr, hob ihr Negligee und zwängte sich wie immer zwischen ihre Beine.

Dass er die Öffnung zu meiner Vagina in dieser Position überhaupt findet, ist ein Wunder?, dachte sie grimmig und ließ ihn gewähren.

***

Eine Stunde später saßen sie sich beim Frühstück gegenüber und hatten sich nichts zu sagen. Helens schlechte Laune schien ihn angesteckt zu haben. Auch der Rest des Tages verlief zumeist schweigend. Dennis hatte es sich auf der Gartenliege auf der Terrasse gemütlich gemacht, und Helen lag auf ihrem Diwan und gab vor, in ihrem Buch zu lesen. Was sie natürlich nicht tat. Ihre Gedanken waren bei Tom und bei dem, was er morgen mit ihr anstellen würde, um ihr einen noch intensiveren Orgasmus zu bereiten.

Sie spürte, wie es feucht zwischen ihren Beinen wurde, und atmete tief ein.

Warum machte ihr Mann nicht die Dinge mit ihr, die Tom tat? Schließlich waren sie doch verheiratet!

Sie zählte die Stunden bis zum Wiedersehen mit Tom, und je näher der Zeitpunkt rückte, umso nervöser und ungeduldiger wurde sie.

***

Dennis, der keine Ahnung von den Gedankengängen seiner Frau hatte, wunderte sich über ihre Stimmungsschwankungen. Genau wie seine Schwiegermutter es ihm vorhergesagt hatte. Es waren eindeutige Beweise für eine Schwangerschaft. Helen musste einfach schwanger sein, denn anders konnte er es sich beim besten Willen nicht erklären.

Er wollte rücksichtsvoll zu ihr sein und sie nicht deswegen tadeln. Obwohl sie ihm damit den ganzen Sonntag vermieste.

»Bei einer Schwangerschaft spielen die Hormone einer Frau verrückt«, hatte ihn seine Schwiegermutter aufgeklärt. »Da musst du unbedingt liebevoll alles übersehen. Du musst ihr zeigen, dass du auch dann zu ihr stehst. Es geht ja vorüber.«

Mit diesen Gedanken nickte Dennis ein wenig ein, und ehe er sich versah, war es schon Abend. Das Wochenende war wieder vorbei.

KAPITEL 14

Als Helen auf den Parkplatz neben den Schrebergärten fuhr, entdeckte sie ihn sofort. Tom lächelte und wartete bereits auf sie. Ein wunderbares warmes Gefühl durchflutete ihren Körper, als sie den attraktiven Mann dort stehen sah. Er winkte sie zu dem letzten Parkplatz in der Reihe, und Helen konnte sich denken, dass er etwas mit ihr vorhatte. Der Kitzler zwischen ihren Beinen spielte verrückt.

Sie parkte so, dass er genau neben der Beifahrertür stand.

»Guten Morgen, meine Liebe«, sagte er und lächelte sie an.

»Guten Morgen, Tom«, gab Helen freudig zurück.

Er öffnete die Tür und setzte sich zu ihr in den Wagen. Ganz dicht rückte er zu ihr ran und sah ihr tief in ihre Augen, während seine rechte Hand unter ihr Kleid wanderte.

Ein warmes Lächeln umspielte seinen Mund. »Da hat es aber jemand kaum ausgehalten, mich zu sehen.«

Seine Finger tasteten sich in ihre nasse Fotze.

Helen konnte nichts antworten, sie zitterte am ganzen Körper. Ihre Ungeduld und ihre Unruhe waren nicht zu bändigen.

»Was ist los mit dir?«, flüsterte Tom ihr ins Ohr und leckte an ihrem Ohrläppchen.

»Tom, mein Kitzler, er spielt wieder verrückt und ich halte es kaum noch aus«, keuchte Helen atemlos.

»Zeig es mir.«

Tom hatte sich in den Beifahrersitz zurückgelehnt und sah sie auffordernd an. Langsam hob Helen ihr Kleid und spreizte ihre Beine, immer noch sitzend.

Sofort betätigte Tom den Hebel, der ihren Sitz in die waagrechte Stellung brachte, und Helen gleich mit dazu. Bevor sie unter ihre Kniekehlen greifen konnte, hatte Tom ihre Beine umfasst und an ihre Brust gedrückt. Wieder hielt er sie hoch, wie eine Mutter, die ihr Kind windelt. Sein Atem ging keuchend, während er seinen Kopf senkte.

»Ach, ich mag deinen Geruch, Helen. Es ist einfach wunderbar, dich dort zu riechen. Deine Fotze, ach …!« Er stöhnte auf, vergrub sein Gesicht zwischen ihren Schamlippen und blieb einfach dort. Immer wieder stöhnte er und vergrub sein Gesicht erneut. Als er es anhob, glänzte es und war über und über mit ihrem Fotzensaft bedeckt.

Seine Augen glänzten wie im Fieber. Er nestelte an seinem Hosenschlitz und es dauerte etwas, bis er den Reißverschluss geöffnet und seinen prallen Schwanz herausgeholt hatte.

»Leck ihn! Bitte Helen, nimm ihn in den Mund. Er hat dich so vermisst.«

Irgendwie schaffte es Tom in dem engen Wagen, ihr seinen Schwanz vor den Mund zu halten.

Gierig saugte sie an seiner Eichel, sodass Tom ihn sofort wieder herauszog. »Nicht so fest, Helen, sonst spritzt er gleich.«

»Lass ihn doch! Bitte Tom, lass ihn spritzen, gib mir sein Sperma.«

***

Selbst Tom, der über eine große Selbstdisziplin verfügte, konnte diesen Worten nicht widerstehen. Er drückte ihr seine Eichel erneut in ihren Mund und sie steckte ihre Zunge tief in seine Eichel und suchte dort nach seinen ersten Liebestropfen.

Währen er seine Vorhaut heftig hin und her schob, sog Helen so gierig an seiner Eichel, dass sie nach nur kurzer Zeit in ihrem Mund explodierte.

Tom starrte sie an, als ob er wahnsinnig würde, und erst nach einigen Stößen war er in der Lage, seine Lust durch Schreie kundzutun.

Keiner der beiden dachte in diesem Moment an Spaziergänger, die vielleicht in der Nähe sein könnten.

Tom hatte nach vorn gegriffen und hielt ihren Kopf gerade. Zwei Tage lang hatte er Sperma in seinen Hoden gehortet, und er wusste, es war fast unmöglich für Helen, die gewaltige Menge hinunterzuschlucken, ohne einen Teil davon aus ihrem Mund laufen zu lassen.

Sie hielt seinen Penis mit beiden Händen fest und saugte auch den Rest auf, den Tom ganz zum Schluss aus ihm herauspresste.

Erschöpft saß Tom auf dem Beifahrersitz und atmete schwer.

»Du hast mich zu lange warten lassen, Helen. Ich habe es fast nicht mehr ausgehalten und hätte mir fast selbst einen runtergeholt.«

»Einen was, bitte?«, fragte sie verständnislos.

»Hast du den Ausdruck noch nie gehört? Einen heruntergeholt?«

»Nein, was bedeutet es?«

»Nun, es bedeutet, dass ich meinen Schwanz so lange reibe, oder wie man auch sagt, wichse, bis er abspritzt.«

»Und wohin hättest du dann abgespritzt?«

Nun musste Tom doch über ihre Naivität lachen. »Na, überall hin. In den Garten, aufs Klo, in ein Handtuch. Egal wohin, Helen. Hauptsache einen Orgasmus!«

»Genauso geht es mir jetzt«, antwortete Helen sehr ernst.

»Dann müssen wir unbedingt etwas dagegen tun«, murmelte er und spielte mit ihrem Kitzler.

»Halt deine Beine fest.«

Brav hob Helen ihre Beine bis zu ihrer Brust, schob ihre Hände unter die Kniekehlen und zog ihre Beine, soweit es ging, auseinander. Aber viel war es nicht, da Tom auf dem Beifahrersitz saß und die Fahrertür auch noch geschlossen war. Tom zog seine Shorts, die an seinen Füßen hingen, aus und ging nackt wie er war auf die andere Seite des Wagens, um die Tür zu öffnen.

Helens gespreiztes linkes Knie fiel sofort hinaus.

»Du bist so schön«, flüsterte Tom und bückte sich wieder zwischen ihre Beine, um seine Zunge in ihre feuchte Fotze einzutauchen. Helen stöhnte laut auf, und ihr Körper zuckte.

»Ja, Tom, fester, Tom, bitte. Ich halte es kaum noch aus, bitte!«

Nachdenklich sah er sie an. »Ich weiß etwas Besseres. Ich werde dir einen Weg zeigen, selbst zu einem Orgasmus zu kommen.«

Er ging wieder auf die Beifahrerseite und nahm etwas aus einer Tasche, die Helen zuvor nicht bei ihm gesehen hatte.

»Nicht erschrecken, Helen, es sind Liebeskugeln, die ich jetzt langsam in dich hineinschiebe. Es sind nicht die dicken, also entspanne dich.«

***

Und Helen entspannte sich, als sie spürte, wie leicht diese

Kugeln in sie hineinglitten, obwohl sie nicht unbedingt klein waren. Außerdem war ihre Vagina derart feucht, dass die Kugeln nur so in sie hineinschossen.

Nachdem er alle Liebesperlen in ihr verstaut hatte, stand Tom auf, ging wieder nackt um das Auto herum und stellte ihren Sitz gerade.

In dem Moment, in dem Helen auf den Kugeln saß, stieß sie einen kleinen Schrei aus. Jetzt schienen die Kugeln riesig in ihr zu sein. Aber schnell hatte sie sich an das Gefühl gewöhnt.

»Jetzt steig aus!«, befahl Tom ihr.

Vorsichtig schob Helen erst ihr linkes Bein aus dem Auto, dann folgte ihr rechtes. Tom hielt ihre Hand dabei und schaute ihr tief in ihre Augen.

»Gefällt dir das Gefühl?«

Helen konnte nur nicken, denn sie spürte, wie sich die Kugeln an ihrem G-Punkt rieben. Ein wahnsinnig erregendes Gefühl, das sie sprachlos machte. Ihr Körper bildete kleine Schweißperlen und deutete so an, wie erregt er war.

Zwischenzeitlich hatte Tom seine Hose aus dem Auto geholt.

»Komm, halt dich fest und geh genau so schnell wie ich. Nicht stehenbleiben, Helen, und wenn du das unbändige Gefühl in dir spürst, deinen Arsch und deine Fotze zusammenpressen zu müssen, dann mach es! Hast du mich gehört, Helen?«

Sie konnte nur nicken. Ihr Körper verlangte nach Erlösung und wenn ihr Körper schreien könnte, würde er es im Moment so laut tun, dass jeder in der Nähe es hätte hören können.

Langsam ging Tom los. Er war nackt. Helen folgte ihm,

indem sie sich an seinem Schwanz festhielt. Langsam spürte sie dieses ihr nun schon so vertaute Gefühl, das sich in ihrer Vagina breitmachte, kurz bevor es zu einem Orgasmus kam. Es wurde stärker, Helens Atem ging stoßweise und die Hand, die Toms Schwanz umklammert hielt, zitterte.

Und auf einmal verlangte es sie danach, zuerst ihre Arschbacken und dann die Innenwände ihrer Vagina zusammenzupressen, immer fester und fester. Sie wollte stehen bleiben, aber Tom umklammerte ihre Hand, die seinen Schwanz hielt und zog sie weiter. Bei jedem Schritt, den Helen tat, verstärkte sich das Gefühl in ihr. Ihr Körper fing an, sich zu verspannen, krümmte sich zusammen und dann kam er, der Orgasmus, auf den sie das ganze Wochenende gewartet hatte.

Ihr ganzer Körper wurde von ihm erfasst und durchflutet. Längst war Tom stehen geblieben und ließ sie dieses wahnsinnige Gefühl, das von ihr Besitz ergriffen hatte, genießen und erleben.

Erst als ihr Kitzler seine Erektion erreicht hatte und eine gewaltige Explosion ihn und ihre Nerven durchjagt hatte, fiel Helen in sich zusammen.

***

Tom konnte sie gerade noch mit seinen starken Armen auffangen. Er trug sie die letzten Schritte bis zu seinem kleinen Holzhäuschen und ließ sie erst einmal zur Ruhe kommen.

Danach zog er ihr langsam das Kleid, das sie noch trug, über den Kopf und sah sie lange an. »Du bist so schön, Helen, du bist wunderbar! Nun hattest du deinen ersten Orgasmus, den du dir selber gemacht hast. Er hörte sich ziemlich gut an …«

»Er war spitze, Tom«, flüsterte Helen ihm zärtlich und

ermattet zu. »Er war einfach spitze!«

»Ich werde dir diese Kugeln schenken, damit du dir jederzeit wieder einen Orgasmus bereiten kannst.«

»Kann ich sie denn allein in mich hineinschieben?«

Tom dachte einen Moment nach. »Später zeige ich dir, wie du es am besten machst, in Ordnung? Das Wichtigste dabei ist, dass du dich entspannst. Das darfst du nie vergessen, Helen!«

***

Sie nickte dankbar. Auf die Idee, dass dies vielleicht ihre letzte Zusammenkunft sein könnte, kam sie in diesem Moment noch nicht.

Sie lagen nebeneinander und spürten ihre Nähe. Toms Hand glitt über ihren Körper, streichelte ihre Brüste und massierte ihre Brustwarzen.

Helen genoss es. Sie hatte ihre Augen geschlossenen und träumte schon von morgen, was er dann alles mit ihr anstellen würde.

Erst als seine Hand sich langsam zwischen ihre Beine zwängte, öffnete sie ihre Augen.

Noch war heute, und ihre Erregung machte sich aufs Neue bemerkbar. Ihr Kitzler konnte sehr hartnäckig, sehr penetrant sein.

Tom stand auf und suchte etwas. Er öffnete eine kleine Truhe, die direkt neben der Tür stand, ging weiter zu einer alten Küchenvitrine. Dort suchte er nach etwas, das er aber augenscheinlich nicht fand.

»Was suchst du, Tom?«

»Einen Spiegel. Ich hatte hier einen Spiegel gesehen, der genau richtig wäre, dir zu zeigen, wie du es machen musst.«

Erst als Tom in der kleinen Kammer, die sich direkt neben der Couch befand, nachsah, wurde er fündig. Es war ein Spiegel, den man aufrecht hinstellen konnte. Tom ging nach draußen, um ihn zu säubern und kam kurze Zeit später wieder mit ihm zurück.

»Mach bitte deine Beine etwas auseinander.«

Helen befolgte seine Anweisung. Tom stellte den Spiegel dazwischen. Aber er schien noch nicht zufrieden zu sein.

Nach einer kleinen Weile, in der er intensiv nachgedacht hatte, meinte er laut: »Ja, ich glaube, so müsste es gehen. Setz dich bitte gerade hin, Helen, und lass deine Beine auf der Couch.«

Sie tat es und sah ihn erwartungsvoll an.

Tom kletterte hinter sie und streckte seine Beine neben Helen. Dann rutschte er mit ihr zurück, bis er seinen Rücken an der Wand hinter der Couch anlehnen konnte. Nun lag Helen halb auf Tom, während er über sie schauen konnte.

Er griff nach dem Spiegel und schob ihn mit seinem Fuß unter Helens Hintern. Dann bog er den Spiegel nach hinten, und beide konnten nun genau in ihre Fotze sehen.

Helen errötete, und tiefe Scham überfiel sie.

»Hast du dich so noch nie im Spiegel angesehen?«, fragte Tom erregt hinter ihr.

Helen schüttelte den Kopf. Sie hatte die Augen geschlossen, es war ihr zu peinlich, gemeinsam mit Tom ihre Genitalien anzusehen.

Er schien es zu merken und rief belustigt: »Wehe, du schließt deine Augen. Guck doch mal, wie wunderschön du dort bist!«

Dabei zog er ihre Schamlippen langsam auseinander, bis ihre kleinen dazwischen deutlich zu sehen waren.

Wieder überfiel ein Schauer Helens Körper.

Tom schien es zu genießen und drückte sie etwas tiefer hinab. »Jetzt zieh deine Beine an und spreiz sie, schön weit, Helen. Komm, stell dich nicht so an!«

Unter heftigem Atmen tat Helen, was Tom ihr gesagt hatte.

»Schau dich an, Helen. Nicht die Augen schließen. Du willst doch sehen, was du mir die ganze Zeit gezeigt hast, oder nicht?«

Helen atmete gepresst, öffnete aber wieder ihre Augen und sah nun nicht nur ihre weit auseinandergezogenen Schamlippen mit den kleineren dazwischen, sondern sie auch die kleine Öffnung ihrer Vagina und die runzlige Öffnung ihres Hinterns.

Ihr ganzer Körper erzitterte bei dem Gedanken, dass Tom es ebenfalls sah. Leise stöhnte sie auf, nicht nur vor Scham, sondern auch von dem Druck der Kugeln, der in dieser Stellung nicht sehr angenehm war.

Tom schien es zu spüren, denn er sagte: »Als erstes wirst du dir die Kugeln selbst entfernen. Es geht ganz einfach, Helen, aber du musst ...«

»... dich entspannen!«, führte Helen seinen Satz zu Ende.

Er lächelte. »Ganz genau. Denn sonst bekommst du sie nicht heraus.«

Er nahm die kleine Kette, die aus ihrer Fotze hing, und legte sie in die Hand von Helen. »So, nun zieh!«

Helen versuchte es, sie versuchte es wirklich, aber sowie die erste Kugel die Öffnung ihrer Vagina auseinanderdehnte, schrie sie auf und ließ die Kette los.

Nun war Tom ein wenig ärgerlich auf sie. »Entspannen, Helen. Du musst dich entspannen! Du hast es doch selbst eben gesagt! Dir wird dann überhaupt nichts wehtun, im Gegenteil, es wird ein wunderbares Gefühl für dich sein. Ich werde dir nicht dabei helfen. Denn wenn du sie jetzt nicht herausziehst, bleiben sie ganz einfach drin, und du musst so nach Hause fahren.«

Das half.

Helen versuchte, nicht daran zu denken, dass sie es war, die an den Kugeln zog, sondern stellte sich vor, dass Tom an der Kette zog, und es klappte.

Fasziniert sah sie im Spiegel zu, wie sich eine Kugel nach der anderen aus der engen Öffnung herausquälte. Tom hatte wie immer recht. Es war ein wunderbares Gefühl, das ihren Körper erschauern ließ.

Kaum war die letzte Kugel draußen, machte sich ihr Kitzler erneut bemerkbar. Man konnte im Spiegel beobachten, wie er sich langsam zwischen den Schamlippen aufblähte und zu zucken begann.

Ein lautes Stöhnen von Helen verriet Tom, dass sie bereit war. Bereit für was immer er auch mit ihr vorhatte.

»Leg deinen Zeigefinger und deinen Mittelfinger um deinen Kitzler. Ja, Helen, genau so.«

Im Spiegel konnte Helen dann beobachten, was ihre Finger taten. Tom hielt ihre äußeren Schamlippen weit auseinandergespreizt und massierte sie dabei. Helen spürte, wie sein Schwanz an ihrem Rücken anfing zu zucken.

»Nun massier die Wurzel deines Kitzlers, Helen, und press deine Vagina tief in dir zusammen. So, wie eben, als du deinen ersten Orgasmus hattest.«

Helen tat genau das, und langsam spürte sie, wie ihr Körper auf das Massieren des Kitzlers reagierte.

Atemlos rieb sie ihn, mal schneller, dann etwas langsamer,

zart und im nächsten Moment heftig. Helen folgte einfach den Vorgaben ihres Körpers, und dann explodierte er. Ihr ganzer Körper bestand nur noch aus Lust und Erfüllung.

Sie musste schreien, ob sie wollte oder nicht.

***

Erst nach einer ganzen Weile bemerkte sie, dass sie allein auf der Couch lag. Ihre Finger umfassten immer noch ihren Kitzler, der sich müde und abgeschlafft dazwischen befand. Eine wohlige Wärme hatte sie umhüllt. Zufrieden und träge genoss sie dieses befreiende Gefühl.

Sie erhob sich und suchte nach Tom, aber er war nicht da. Langsam stand sie auf und ging nach draußen, aber Tom war auch dort nicht. Etwas irritiert ging Helen zurück ins Häuschen und bemerkte, dass auf dem Tisch ein Zettel lag.

Meine liebe Helen,
Wenn Du diesen Brief liest, bin ich gegangen. Es tut mir so leid, aber ich habe es nicht fertig gebracht, Dir dabei in die Augen zu sehen. Ich muss zurück nach Australien. Man hat es mir am Samstag mitgeteilt, und eigentlich sollte ich schon gestern zurückfliegen. Aber ich konnte es ermöglichen, dass ich wenigstens noch für kurze Zeit heute mit Dir zusammen sein konnte.
Liebste Helen, ich wünsche Dir alles erdenklich Gute. Nun, da Du weißt, wie Du Dir selbst einen Orgasmus verschaffen kannst, kann ich in Ruhe abreisen.
Vielen Dank für das Vertrauen, das Du mir geschenkt hast.
Ich werde Dich nie vergessen,
Tom
P.S. Denk an Deine Liebesperlen!

Helen setzte sich auf die Couch. In ihr war alles ruhig. Sie wollte weinen, schreien, wollte ihm nachlaufen, aber sie tat dies alles nicht. Sie wusste, sie würde ihn nicht mehr erreichen.

Ihre Hände streichelten über den Brief, den er in den Händen gehalten hatte. Dann zog sie langsam ihr Kleid wieder an und nahm die Liebesperlen, wie Tom die Kugeln nannte, an sich. Sie bemerkte, dass sie sauber waren. Tom hatte sie in der Zeit, in der sie den Orgasmus über sich hatte ergehen lassen und nichts von allem um sich herum mitbekommen hatte, gereinigt.

Den Brief konnte sie unmöglich mit nach Hause nehmen. Also zündete sie ihn mit einem Feuerzeug an und verbrannte ihn.

Noch einmal glitt ihr Blick zu der Couch, auf der sie all die Dinge mit Tom gemacht hatte und ging dann schnell hinaus.

Helen sah sich nicht mehr um, und als sie in ihr Auto stieg und nach Hause fuhr, wusste sie, sie würde nie mehr zurückkommen. Das brachte sie nicht fertig.

Kapitel 15

Helen verbrachte die nächsten Tage zu Hause. Sie sprach weder mit ihrer Mutter noch mit Laura und ließ deren Anrufe unbeantwortet. Es dauerte lange, bis sie begriff, dass sie ihr Leben nicht in Trauer um Toms Abreise verbringen konnte.

Eines Morgens, als sie aufwachte, war es vorbei. Der Schmerz, der sich in ihr eingenistet hatte, war nicht mehr da.

Als Dennis sich zu ihr beugte, um wie immer seinen Penis in ihre Vagina zu drücken, öffnete sie von sich aus leicht ihre Beine und vereinfachte es ihm so.

***

Später, als sie im Badezimmer war, um sich zu duschen, spürte sie das erste Mal wieder ihren Kitzler. Erregt klopfte er zwischen ihren Schenkeln und brachte Helen dazu, sich auf ihr Bett zu legen, um das erste Mal allein auszuprobieren, ob sie sich selbst befriedigen konnte.

Ihre Hände glitten zwischen ihre Schamlippen und fanden die richtige Stelle. Auch Zeigefinger und Mittelfinger wussten genau, wo sie den Kitzler bearbeiten mussten, und es vergingen nur ein paar Minuten, da schrie Helen schon ihren Orgasmus hinaus.

Gut, dass Dennis das Haus verlassen hatte und Sally noch nicht da war!

An diesem Morgen bekam Helen so viele Orgasmen hintereinander, dass sie wirklich wund war. Aber ihr Körper fühlte sich wunderbar an, und Helen lachte das erste Mal wieder seit langem.

Später, nach dem Duschen, rief sie erst ihre Mutter an, um sich für ihr schroffes Verhalten zu entschuldigen. Ihre Mutter, die immer noch fest daran glaubte, Helen sei schwanger, gab nur allzu gern nach, was Helen leicht irritierte.

Auch Laura, die Helen anschließend um Entschuldigung bat, reagierte genau so, was Helen eigentlich hätte stutzig machen müssen. Aber sie war froh, so glimpflich bei den beiden Frauen davon gekommen zu sein.

***

In den nächsten Tagen verbrachte Helen, wie früher, viel Zeit mit Laura. Alles war eigentlich beim Alten. Ja, auch die Beziehung zu Dennis. Ihr Sexleben fand zwar fast jeden Morgen und jeden Abend statt, aber konnte man das, was bei ihnen im Bett passierte, eigentlich Sexleben nennen?

Seitdem Helen sich ihre Orgasmen regelmäßig erlaubte, war sie ausgeglichen und ruhig geworden. Sie bemerkte aber mit der Zeit, dass Dennis immer unausgeglichener wurde.

***

Seit er seine Frau vor dem Fenster in ihrem durchsichtigen Negligee beobachtet hatte, fand er keinen Spaß mehr an den bizarren Sexspielen mit Jenny. Immer seltener besuchte er sie, und immer häufiger überfiel ihn die Lust auf richtigen Sex mit seiner Frau.

Er träumte davon, ihre Beine zu spreizen, während das Licht brannte und mit seiner Zunge ihre Genitalien zu erforschen.

Auch der Gedanke, dass sie seinen Schwanz in ihren Mund nehmen würde, um ihn leerzusaugen, erregte ihn zunehmend. Gern würde er einmal an ihren Nippeln saugen und ihre kleinen Brüste mit seinen Händen massieren. Aber er hatte nicht den Mut, es zu tun.

Je mehr Dennis an diese Dinge dachte, umso grantiger wurde er. Er erkannte sich selbst kaum wieder, war er doch immer der ruhige und ausgeglichene Partner in Helens Leben gewesen.

***

Eines Tages suchte Helen etwas in ihrer ‹Rumpelkammer›. Es war ein Raum neben ihrem Ankleidezimmer, in das sie all die Dinge gebracht hatte, die sie nicht benötigte, aber auch nicht wegwerfen wollte.

Als sie nach etwas griff, verfing sich ihr kleiner Finger in einer Kette. Als sie die Kette herauszog, bemerkte sie, dass es die Liebeskugeln waren, dir ihr Tom geschenkt hatte. Sofort war ihr Körper erregt, und ihr Kitzler machte ihr klar, dass sie unbedingt und zwar sofort, damit spielen sollte.

Es war früher Nachmittag, und Helen war allein zu Hause. Sie zögerte, aber dann gewann ihre Lust und Neugier.

Helen zog ihren Schlüpfer aus und legte sich auf ihren Diwan, spreizte ihre Beine etwas und steckte ihren Mittelfinger in die enge Öffnung ihrer Vagina. Sie spürte die Feuchtigkeit in der warmen Höhle und wagte es.

Die erste Kugel wollte zuerst nicht in sie hinein.

Toms Worte klangen in ihr im Ohr: »Du musst dich entspannen, Helen, sonst klappt es nicht.«

Allein bei diesem Gedanken hatte sich Helen entspannt, und die erste Kugel steckte in ihr.

Die weiteren glitten fast von selbst in sie hinein.

Helen erzitterte am ganzen Körper. Dann stand sie auf und ging mit den Kugeln in ihrer Vagina auf die Terrasse. Von dort machte sie einen Schritt nach unten und lief langsam, mit einem wachsenden Gefühl der Erregung, durch ihren weitläufigen Garten.

»Du musst deinen Arsch und das Innere deiner Vagina zusammenpressen!«, hörte sie wieder Toms Stimme.

Und Helen tat, was die Stimme ihr sagte. Mit jedem Schritt, den sie tat, verstärkte sich das Gefühl, das den Orgasmus ankündigte. Sie musste sich zwingen, weiterzugehen und weiter ihren Arsch und ihre innere Vagina zusammenzupressen. Dann kam er, der Orgasmus!

Er kam so heftig, dass ihr Schrei nicht aufhören wollte. Er überrollte sie mit einer Heftigkeit, die sie in die Knie zwang. Dieser Orgasmus war übermächtig und nahm ihr fast die Besinnung.

Er war wunderbar!

Helen lag lange auf dem Rasen und hatte nicht bemerkt, dass sie einen Zuschauer hatte: Dennis!

***

Er war früher nach Hause gekommen, da sein Hemd durchgeschwitzt war und er es wechseln wollte. Als er seine Frau suchte, hörte er sie schreien und war in den Garten gerannt. Doch er hatte schnell erkannt, dass es kein Schrei des Schmerzes, sondern ein Schrei der Lust gewesen war, den sie ausgestoßen hatte.

Fassungslos stand er da und sah ihr dabei zu, wie sie sich selbst befriedigte. Erst als Dennis neben ihr stand, trafen sich ihre Blicke.

***

Helen stieß einen Schrei aus.

Dennis fasste sie am Arm. Erschrocken wollte sie sich aus seinem Griff befreien, aber Dennis hielt sie fest.

»Wie lange machst du das schon?«, fragte er sie ernst.

»Das ... Das war heute das erste Mal, dass ich es mir so gemacht habe«, flüsterte Helen beschämt. Sie zitterte am ganzen Körper, und ihr Gesicht war rot vor Scham.

Dennis konnte es nicht glauben. »Aber Helen, warum hast du nicht mit mir darüber gesprochen? Warum hast du mir nicht gesagt, dass dir etwas in unserer Beziehung fehlt? Ach, Helen ...« Dennis brach über ihn zusammen. »Wenn du es mir doch nur gesagt hättest. Ich hätte es gern selbst bei dir gemacht. Ich warte schon so lange, dass du mir sagst, was du beim Sex magst. Wie ich es dir besorgen soll, ach Helen ...«

Helen überfiel eine große Erleichterung. Endlich sprach er aus, was auch sie schon so lange quälte.

»Weißt du, Dennis. Ich habe Kugeln in meiner Vagina stecken und ich weiß nicht, ob ich sie selbst wieder rausbekomme.«

Fassungslos sah Dennis auf seine Frau. »Wer hat sie in dich hineingesteckt?«

»Ich, Dennis. Ich habe es heute einmal ausprobiert und jetzt stecken sie in mir.« Wieder dieser verschämte Blick. Ihr Gesicht war tief gerötet, und sie wagte nicht, ihn anzusehen.

***

Und dann begriff Dennis. Sie wollte, dass er sie davon befreite!

Sein Herz begann heftig zu klopfen. »Zeig mir, wo sie sind«, forderte er sie mit rauer Stimme auf.

Helen hob ihr Kleid an. Sie zog ihre Beine bis zu ihrer Brust, griff ganz langsam unter die Kniekehlen und zog sie, so weit wie sie konnte, auseinander.

Dennis atmete kurz und hastig, seine Augen wurden groß und sein Adamsapfel hüpfte aufgeregt hin und her. Wie gebannt schaute er auf das, was sie ihm so freiwillig darbot. Er spürte, wie seine Hose zu eng wurde und sein Schwanz erregt in ihr zuckte.

»Meinst du, du kannst sie herausziehen?«

Helen war nun ebenso erregt wie ihr Mann.

»Da ist eine kleine Kette, die aus mir heraushängt, an der musst du ziehen.«

Immer noch starrte Dennis wie gebannt auf das, was sie ihm freiwillig zeigte.

Ein kleiner Venushügel mit wunderbar gekrausten hellen Haaren und Schamlippen, die sich von innen heraus wölbten und eine rosa Farbe aufwiesen.

Wie wunderschön sie war! Vorsichtig griff er nach der kleinen Kette und begann, daran zu ziehen.

Als sie durch ihre enge Öffnung sollten, stöhnte Helen laut auf, und er stoppte sofort, weiter an der Kette zu ziehen. Nun steckte die erste Kugel in ihrer Öffnung fest, und Helen stöhnte noch lauter.

»Zieh sie raus! Bitte Dennis, zieh sie ganz raus, so tut sie mir weh«, jammerte Helen.

Erregt griff er erneut nach der Schnur und tat, was sie gesagt hatte. Eine nach der anderen zog er heraus und wurde immer erregter dabei.

Helen tastete vorsichtig mit ihren Fingern an den Knopf

seiner Hose, öffnete ihn, zog den Reißverschluss hinunter und ergriff seinen harten Schwanz.

Ein lautes Stöhnen von Dennis war die Antwort darauf, dass sie ihn langsam aus seinem engen Gefängnis befreite.

Als er endlich draußen war, setzte sich Helen auf und beugte sich über seinen zuckenden Schwanz. Erst leckte sie etwas scheu seine geschwollene Eichel, um dann mutig ihre Zunge in seine kleine Spalte zu stecken und seine ersten Liebestropfen herauszuschlecken.

Sie sah dabei nach oben, direkt in seine blauen Augen. Dennis stöhnte laut auf.

»Gleich spritzt er, Helen, ich kann ihn nicht mehr zurückhalten.«

Er wollte sie auf das Bett zurückdrücken, um seinen Schwanz in sie hineinzubohren, aber Helen ließ ihn nicht los. Sie leckte seine Eichel, steckte immer wieder ihre Zunge in die kleine Spalte am oberen Ende und massierte seinen Schwanz. Immer heftiger und schneller zog sie dabei seine Vorhaut vor und zurück.

Dennis stöhnte laut auf, seine Augen quollen ihm fast aus dem Kopf. »Helen! Helen, hör auf! Gleich spuckt er!«

Aber Helen hörte nicht auf. Sie wollte sein Sperma, sie wollte alles schlucken, sowie Tom es ihr gezeigt hatte.

Und dieses Mal wollte sie das Sperma ihres Mannes!

Und er gab es ihr. Plötzlich schoss es aus seiner Eichel direkt in ihren Mund, und sie sog es auf und schluckte es. Schluckte alles, was er ihr in den Mund spritzte und war am Ende erstaunt, wie wenig es gegenüber der Menge von Tom war.

Dann leckte sie seine Eichel ab, säuberte mit ihrer Zunge auch die Stelle, an der seine Vorhaut festgewachsen war, um sich letztendlich wieder hinzulegen und ihren Mann liebevoll anzusehen.

***

Dennis war überwältigt. Er konnte nicht glauben, dass das, was sie gerade gemacht hatte, wirklich geschehen war.

Wer hatte ihr das beigebracht?, dachte er panisch, verwarf den Gedanken jedoch sofort wieder.

Sicher hatte sie es in einem Magazin oder sonstwo gelesen oder erfahren. Schließlich besaß sie ja auch eine Lustkugelkette. Er wollte lieber nicht nachfragen, wo sie sich diese besorgt hatte.

Alles, was jetzt zählte, war, dass er und seine Ehefrau zueinander gefunden hatten und dass die Aussage seines Schwiegervaters, seine Tochter auch im Bett wie eine Dame zu behandeln, keine Macht mehr über ihr gemeinsames Sexualleben besaß. Helen selbst hatte diese Aussage außer Kraft gesetzt!

Und dafür war er ihr über alle Maßen dankbar!

»ReiseFieber«
Die Internet-Story

Mit dem Gutschein-Code
LR1TBFWQA
erhalten Sie auf
www.blue-panther-books.de
diese exklusive Zusatzgeschichte als PDF.
Registrieren Sie sich einfach online oder schicken Sie uns die beiliegende Postkarte ausgefüllt zurück!
